目次

序章 ◇初恋の守護天使《アンジュ・ガルディアン》 7
第一章 ◇麗しの都の甘い罠 17
第二章 ◇深紅《ルージュ》のバラ散る寝室で 56
第三章 ◇甘美なる契約と秘密のレッスン 104
第四章 ◇仮面舞踏会の艶夜 141
第五章 ◇明かされた過去、永遠の誓い 188
第六章 ◇王子と淑女の蜜月 235
終章 ◇ショコラの秘密 277
あとがき 285

※本作品の内容はすべてフィクションです。

序　章　◇初恋の守護天使《アンジュ・ガルディアン》

「レティシアさま、よくおいでくださいましたな。さあ、温かいショコラを」

「ありがとうございます、神父さま。母がマデルさんの赤ちゃんにこれを、って」

樹々の蕾《つぼみ》がようやく膨らみはじめたものの、まだ残り雪が村のあちこちに見える春のはじめ――。

クラヴィス王国の南、穏やかな気候とワインの名産で知られるルイーズ地方。

小さな森と村を領地とする片田舎の男爵家に生まれたレティシア・ラ・リーシェは、母エレンのかわりに村の教会を訪れていた。

今年は春風の到来が遅く、一昨日にも降雪があったばかりだ。少女の吐く息もまだ白い。

けれどそんな寒さを気にもせず、高原の緑を映しこんだような大きな若草色の瞳は、八歳のあどけない顔立ちを明るく彩《いろど》っている。

幌《ほろ》のようなフリルのついた帽子の下に、ゆるく編んだ波うつプラチナブロンドの髪。レースとリボンが愛らしいミントブルーのドレスが、清楚な印象を引きたてていた。

「ああ、エレンさまには、なんとお礼を言えばいいか……。こんなにきれいな産着を洗礼のお祝いに編んでくださるなんて、この子はほんとうに幸せです」

赤ん坊を抱いた夫婦が深々と頭を下げ、集まった村人たちがほうっと溜め息をつく。

王都からほど近い名門修道院で娘時代をすごしたレティシアの母エレンは、レース編みや刺繍《ししゅう》の見事な腕前を持っていて、村人に喜ばれていたのである。

ふだんは母がみずから届けるのだが、あいにくこの寒さで風邪をひき、今日はレティシアだけだった。ひとりで村に行くときは、いつも食料を届けてくれる農婦の荷馬車に乗せてもらうことにしている。

「ふふっ、可愛い！　でも男の子だから、きっとやんちゃになるわね」

ふっくらした頬をレティシアに撫でられ、赤ん坊はきゃっきゃっと愛くるしい笑い声をあげる。

「不憫《ふびん》だねえ……あんなに器量よしで優しいお嬢さんなのに……父親ときたら……」

「まったくだ。それでなくても革命が起きりゃ、あのお屋敷だって、ねえ」

「しぃっ、めったなことを言うのはおやめよ」

参列席のうしろからもれ聞こえる囁き声にも、レティシアは慣れっこだった。

悪気はないとわかっていたから、腹はたたない。それになにより、彼女たちの言葉は事実だったのだ。

――私だって、あんなお父さまなんか大嫌い……。

バラ色の唇をきゅっと引き結んで、レティシアは幼い胸の痛みをこらえる。

彼女が生まれたころにはもう、父ロベールは酒や博打《ばくち》に溺れて男爵家の財産を食いつぶし、母エレンが生活をやりくりしている状態だったのだ。

けれども父とはちがい、母は領主夫人という身分を笠に着ることがなかったため、村の人々は母娘《ははこ》に好意的だった。そのおかげもあって、リーシェ家は没落しつつも、まだ衣食に困窮するほどではなかったのである。

また、母はなにも言わないが、村人たちの会話から、国王陛下を都から追いだそうとしている革命一派があることも知っている。

さすがに八歳とあって詳しい内政状況までは知るよしもないが、革命が起これば陛下に忠誠を誓う貴族たちの身分や生活がどうなるかくらいはわかっていた。

けれどそんな漠然とした不安の渦中に暮らしながらも、母さえいればなにも怖くない、とレティシアは信じていた。

――もしお屋敷がなくなったら、この村に住めばいいわ。みんなと羊毛を刈ったり、ワインを作って暮らしたって、私はかまわない。お母さまが一緒なら平気だし、しあわせだもの。

やがて赤ん坊の洗礼が終わり、一同で簡素な食事を済ませる。

帰りは神父が送ってくれることになっていたが、レティシアはそのまえに、母が食前に好んで飲むワインを買って帰ろうと、村の酒造店に立ち寄ることにした。

だが、店のまえには——。

「お父さま……！」

思いがけない姿を目にして、レティシアは若草色の瞳を見ひらいた。

「レティシアではないか。子供のくせに、こんなところでなにをしているのだ」

酒のせいで声が割れている。よれたフロックコートに、だらしなく伸びた髭《ひげ》。ロベール・ラ・リーシェ男爵とは名ばかりの、品位のカケラもない父親だった。

屋敷に戻るのは、せいぜい週に二日がいいところ。たいていは王都の外れの歓楽街に入りびたり、博打をしているからだ。

だが見慣れた古い馬車を見やれば、今日は博打仲間らしい男たちをふたりも連れてきていた。村で酒を買いこみ、屋敷で酒宴をひらくつもりらしい。

こんなときだけは見栄を張って屋敷を飾らせ、立派な料理を出すよう命令するのにきまっている。立ち働くのは使用人だが、彼らに指示をし、客をもてなすのは母の役目だ。

そのうえ、もしかしたら父は賭けに負けた代金がわりに屋敷のものを渡すつもりかもしれなかった。過去にもそういうことがあったのだ。

「お母さまは、まだ熱が……お客さまをお迎えするなんて無理です」

「生意気を言うな。また村人たちに交ざりおって、すこしは男爵家の品位を考えんか」

荒々しく一喝され、ビクッと肩を縮めたものの、レティシアは踏みとどまった。

悔しくて、情けなくて、ふるえるほど怖かった。

けれどもこれ以上、母を苦労させたくない——その一心で勇気をふりしぼり、生まれてはじめて父に口答えをする。

「い、家のことを考えていないのは、お父さまのほうだわ。お母さまがかわいそうよ！」

「なんだとっ⁉　父親に向かってなんて態度だ」

道中、すでに酒を飲んで酔いもまわっていたのだろう。ふだん手を上げることはないロベールだったが、さすがに村人や仲間のまえで幼い娘に恥をかかされ、頭に血がのぼった。

「この、恥知らずの親不孝者がっ」

娘の襟首を摑むと、放り投げるように強く突き飛ばす。

「きゃあっ！」

ぬかるみに足をとられたレティシアは、道端に除けられ積まれていた、大きな雪塊の山に倒れこんだ。

固く凍った氷雪に叩きつけられた瞬間、胸に激痛がはしり、息が詰まる。

「お、おい…血が……」

「ロベール、俺たち今日は都に帰ることにするよ」

「待て、俺も行く。こんな胸糞悪《むなくそ》いところにいられるかっ」

仲間たちの不安げな声に、ロベールもうろたえたようすで馬車に乗った。そのまま御者を急かし、逃げるように来た道を戻っていく。

「レティシアさま！」

「なんてこった……固まった雪の表面が凍りついて、ノコギリの歯みたいになってやがる」

男爵の怒りを怖れて遠巻きにしていた村人たちがようやく駆け寄り、ぐったりした少女を抱え起こす。

破れたドレスの胸元ににじんだ赤い染みに、きゃあっと女性たちが悲鳴をあげた。

――……い、き……できな……苦しい……。

レティシアは、声を出すこともできなかった。

手や足の先がひんやりとして、意識が朦朧《もうろう》としている。槍で貫かれたような胸の深い痛みは尋常ではなく、身体が勝手にふるえだしていた。それがひどく怖くてたまらない。

なぜか遠ざかったはずの馬車の音がまた近づいてきた。父が戻ってくるはずはない。おそらく幻聴なのだろうと、ぼんやり思ったとき。

いきなり力強い腕に抱きあげられ、レティシアの身体がふわりと涼やかな香りにつつまれた。

村の人間ではない。驚いて、一瞬だけぼんやりと目をひらく。

——だれ……天使…さま……?

そう思うのも無理ないほど、これまで見たこともない美しい顔立ちの若者がいた。

額にかかる艶やかなダークブロンドの髪。そして透きとおったブルーの瞳が、じっとレティシアを見つめている。

あなたは誰、と話しかけたかったが、空咳しか出てこない。ふたたび鋭い痛みが胸を抉《えぐ》った。

「喋らないで。大丈夫だから、目をとじて……じっとして」

音楽的ななめらかさを含みながらも凛とした声音が、耳元で囁く。

——だいじょうぶ……天使さまが…言うんだもの……こわくない……。

ふっと安堵《あんど》をおぼえたレティシアは、若者の腕のなかで意識を手放した——。

◇◆◇

レティシアが気を失うと、若者は心配そうな村の一同を見わたして口をひらいた。

「出血が派手なのは、刃状の氷に切り裂かれたせいだ。命にかかわるほど深刻なものではないが、強く胸を打っているようだし、骨折のおそれもある。こちらには医者も、必要な医療品もある。彼女を預かり治療してやりたいのだが」

　年のころは十六、七歳くらいに見えるが、堂々とした気品あふれるものごしだ。

　表立って派手な装飾こそしていないものの、高級な箱馬車に見事な馬、そして仕立てのよい服装を見れば、すぐに上流貴族の公達《きんだち》だとわかる。

「おお、そうなさってくださるのならありがたい。ここは小さな村ゆえ、治療には限界がございます」

　答えたのは、知らせをうけて駆けつけた神父である。

「こちらはレティシア・ラ・リーシェさま。ここ一帯を治められる男爵家のご令嬢です。して、あなたさまは……？　王都よりいらした御方とお見受けしますが」

「いかにも。当分のあいだ、リュシオール城を借り受けた」

　リュシオール城といえば、村からすこし離れた湖畔《こはん》に建つ貴族たちの静養地だ。お忍びで訪れる宮廷人も多く、村人たちのあいだでは、もっぱら密会や秘密の集まりに利用される場所という噂だった。

　となればなおさら、名を尋ねることすらはばかられるような、おそれ多い相手であることにまちがいない。

「いったいなにがあった。男たちが乗った馬車とすれちがったが、関係があるのか」

ためらいながらも神父が事のしだいを説明すると、若い公達は形のよい眉をひそめた。

「父親も故意ではなかったのだろうが……気分のよい話ではないな。とにかく経過を見るために数日かかると思うが、ご令嬢は責任を持って治療すると約束しよう。男爵家には、神父どのから連絡を。なにかあれば、城におもむき家令に告げるように」

そう言うと、みずからの衣服に血がつくのもかまわず、レティシアを抱いたまま箱馬車に乗りこんだ。

金銀細工のほどこされた窓枠、美しい内装。濃紺のベルベットの座席には芳《かぐわ》しい香が焚《た》きこめられており、金糸で三輪のバラをかたどった紋章が刺繍されている。

バラはクラヴィス王国の象徴であり、王家にゆかりの者が使う意匠だった。

「急げ、シモン。ショックで体温が下がってきている」

「これは……なんとも痛々しいな。まるで童話に出てくるような愛らしいお嬢さんだというのに」

きりっとした顔立ちの黒髪の青年が少女を見やる。濃い茶がかったヘイゼルの瞳。体格がよく、年のころはダークブロンドの公達よりややうえだ。

「いいから、はやく馬車を出せ」

「わかっております、殿下。御者には光のはやさで馬を飛ばさせましょう」

供にしては親しげな態度だった。友人でもあるのだろうか、そんなシモンという青年をちらりと見やり、殿下と呼ばれた若い公達は小さく溜め息をつく。

「……気をつけろ。ここでの私はおまえとおなじく、ただの貴族だ」

「や、これは失礼。つい、いつものくせが……ご容赦を、デュランさま」

「もっとも、そのうち我々すべて、ただの一市民となる日がくるかもしれないがな。それでも命があればましだと、思うべきなのだろう」

投げだすような口調でそう答える公達に、黒髪の青年は呆れたように首をふった。

「また、そのような皮肉を。いまは嵐を耐え忍ぶ時期なのだと、兄上さまもおっしゃられていたではありませんか」

……こうしてレティシアには想像もつかない世界の複雑な空気を乗せたまま、王都からの箱馬車は速度をあげ、湖畔の城へと向かっていった。

第一章　◇麗しの都の甘い罠

「おつかれさま。はい、今日の返済分の証書だよ」

「あ…はい。ありがとうございます、おかみさん」

八年後——十六歳となったレティシアは月に一度、モード誌の絵姿モデルをしては、父の借金を細々と返済していた。

「よかったねえ。お嬢さん、今日でこの仕事も終わりなんだろ？　オーナーのマダムから、良い人が見つかったって聞いたよ。それも大金持ちだっていうじゃないか」

恰幅《かっぷく》のよい仕立屋の女将《おかみ》に笑いかけられ、ただ弱々しい微笑みを浮かべる。

豊かに波うつプラチナブロンドの髪は華やかに結いあげられ、繊細なレースとリボンに飾られた亜麻色のドレス姿は春の陽だまりのようにやわらかく、清楚な美しさをさらに輝かせている。

このまま舞踏会におもむけば、さぞ多くの人々の目をひきつけ、青年たちの甘い溜め息を誘うことだろう。

けれども、長いまつ毛を伏せた若草色の瞳には年ごろの娘らしい生気が欠け、少女のときの明るい表情は影をひそめている。

そして、ほっそりとした喉元から胸にかけてはレースのストールがきっちりと巻かれ、陶器のように白くなめらかな肌をおおい隠していた。

芸術の都としても名高い王都レリス――。

王の住まう宮殿、美しい森にくわえ、区画された市街には荘厳《そうごん》な大聖堂や、きらびやかな歌劇場が建ちならんでいる。ことに都を流れる河の右岸・左岸からの眺めは壮観で、外国からも多くの観光客が訪れるため、優雅な遊覧船が行き来していた。

最新のドレスやファッションスタイル、髪型がつぎつぎと生みだされ、一流社交界を夢見る国内外の女性たちにとっても憧れの花の都だ。

「それにしても、お嬢さんみたいになにを着ても着映えがするモデルはそうそういないんだよ。お嬢さんが着たドレスはいつも注文がすごくてねえ。あたしとしちゃ、すこし残念でもあるんだけど……ま、おめでたい話だからね」

「そんな。私こそこんな傷があるにもかかわらず、ずっと働かせてもらって……おかみさんにもいつもよくしてもらって、なんてお礼を言えばいいのか」

レティシアはそう言って、デコルテを隠すストールをそっと押さえた。

幼い日の事故によって残った傷痕《きずあと》は、成長とともにいくらか薄れはしたものの、やはり目についてしまう。

鎖骨のあたりから半月のように白っぽい細い孤《こ》を描き、いちばん深く傷ついたところはちょうど胸の谷間にかかるかかからないかの位置で、苺《いちご》粒大の痕になっていた。

「ああ、まだ気にしてるのかい。絵姿には描く必要はないんだし、お嬢さんの器量はそんなことで左右されるものじゃないんだから――といっても花の盛りには、つらいだろうねえ。二年間、不平ひとつ言わずによく頑張ったよ。これからは新しい人生を歩めるんだから、幸せにおなり」

女将はまるで姪でもあるかのように、優しくレティシアの頰を撫でる。

けれどもそんな女将の顔を、レティシアはまともに見ることができなかった。

――ちがう……私、幸せになんてなれない。本当は……。

八年という歳月が流れるあいだ、クラヴィス王国にも彼女の身の上にも、さまざまな出来事が起きていた。

大規模な革命未遂事件、完全王政から民主制議会の導入。

その結果、クラヴィス王国はなんとか王室を維持しながら産業化の時代を迎える。成金資産家たちの台頭により、上流貴族たちも実業家や政治家としての道を歩みだしていた。

けれど、もともと片田舎の小領地しか持たないリーシェ家のような下流貴族はそうした手立ても使えず、ますます没落していくしかなかったのだ。

九歳の秋から寄宿制の修道院に入っていたレティシアも、十四歳のときには家に呼び戻された。父の借金が膨れあがり、とうとう学費が払えなくなったからだ。

苦労が積もり、母エレンはますます床につきがちになっていた。レティシアはそんな母を支えようと決意していたのだが――。

父ロベールがレティシアに仕事の話を持ってきたのは、そんなときだった。

博打場《ばくち》にときおりお忍びであらわれる伯爵夫人が絵姿のモデルを探している、というのを聞きつけ、さっそく娘を売り込んでいたのだ。

花の都と呼ばれるレリスの流行は、近隣諸国の人々までが熱心に追い求める。そこで最新ファッションを紹介するモード誌が発行されると飛ぶように売れ、女性たちはそこに描かれた絵姿を参考に、ドレスや小物を仕立てたのである。

夫が新聞社の大株主であるその伯爵夫人も、みずからがオーナーとなってモード誌を作ることにしたらしい。

そうした経緯から絵姿モデルをすることになったレティシアは、細々と父の借金を返済するという生活を送ることとなったのだが……。

突然、ある男性から交際を申しこまれたのは、半月前のことだった。

男性の名はライオネル・マイヤー。海の向こうの新大陸生まれで、三十代なかばにして鉄道事業で莫大な利益をあげた資産家だという。

ここ半年ほどは新大陸を離れてレリスに滞在し、こちらの社交界に名を売り出しているとのことだった。

マイヤーはモード誌の絵姿でレティシアを見初《みそ》め、つてをたどって伯爵夫人から身元を訊きだした。そしてぜひレティシアを紹介してほしい、と頼んできたらしい。

実はこうした出来事は、これがはじめてではなかった。

レティシアの絵姿を見た若い青年貴族たちのなかには、彼女が誰だか知りたがる者もすくなくなかったのだ。

しかしリーシェ家が片田舎の没落貴族であることにくわえ、男爵の博打癖や多額の借金といった悪名を知ると、貴族諸家の親たちは「あの娘にはけして近づくな」と息子たちにきつく言いわたすのが常だった。

だから、伯爵夫人からマイヤーのことを聞かされた父ロベールは、当然、降ってわいたような話に有頂天になった。

「さすが新大陸のお人は、家柄など気にしない度量がおありだ。見栄っ張りの上流貴族どもとは大違いだな。いいかレティシア、こんな機会はもうないんだぞ。わかっているな」

と、どんな手を使ってでもマイヤーに気に入られ、玉の輿に乗るよう、娘に厳しく言いつけた。

歳の差はあっても相手は成功した資産家、ふつうの娘なら願ってもない話に大喜びするところだ。

だがそれを聞いたレティシアの心は、重くなるばかりだった。結婚すればこの国を離れ、遠い新大陸に移住することになる。母と別れるのはつらかった。

しかし迷っているうちにマイヤーから観劇の招待状が届いてしまい、結局、一度は会わなければと押し切られてしまったのだった。

「そろそろおいとまします。いままで本当にお世話になりました」

「元気でね、お嬢さん。資産家夫人になったら、あたしがうんときれいなドレスを縫ってあげるよ」

仕立屋の女将に挨拶をすると、レティシアは時計を見あげ、そのマイヤーとの約束の時間が迫っていることに気がついた。

——待ち合わせ場所は、ホテル・メルドールのカフェ。新大陸の殿方は陽気で気どらないかたが多いというけれど、粗相をしないように気をつけなくちゃ……。

アトリエを出たところで辻馬車を拾い、マイヤーが滞在する高級ホテルの名を告げると、レティシアはしだいに緊張してきた。

事情を知った女将が着付けを手伝ってくれ、リボンで結《ゆ》った髪形は仕事が終わったあともそのままにしてもらってある。

けれど、レースの縁取りをふんだんにつけた亜麻色のドレスは手持ちのなかでいちばん仕立てのよいものだが、それでも上流貴族の令嬢がたにかなう質ではなかった。

それに観劇や舞踏会用の夜のドレスはデコルテや背を大きくあけたものときまっているのに、襟ぐりが詰まっているうえストールまで巻いて、嘲笑されないかと心配になる。

――あのお父さまが、この傷のことを正直に言っているとは思えないわ。でもマイヤーさんがそれをお知りになったら、むしろ交際をなかったことにできるかもしれない。社交界には、もっときれいでいい家柄のご令嬢がたくさんいるのだし……。

そんな虫のよい希望を抱きながら、同時に身勝手な自分の考えを恥じたくもなる。

現実を考えてみれば生活は年々苦しくなるばかりで、母の体調も思わしくない。持参金すら満足に用意できない家の娘が、わがままを言える立場ではないことくらい、よくわかっていた。

本当なら父の言うとおり、家のためにも縁談をきめなければならないのだ。

成功した資産家のマイヤーならば、父の放蕩《ほうとう》をいさめてくれるかもしれない。そうすれば母も長年の苦労から解放され、心身を休められる。

――そうよ、マイヤーさんもこの国を気に入っていらっしゃるというし、頼めば年に何度かは里帰りさせてくれるはず。

けれど、ほんとうにそんな真似が自分にできるだろうか。

気持ちのともなわない、形だけの結婚を一生、つづけるなんて……。

――デュランさま、どうしたらいいの？　あなたはもういないのに、私、いまだにあなたを忘れられない……。

悩み揺れる心に決着がつけられないまま、レティシアはすがるように、車窓の外に広がる空を見あげた。

あれからもう八年も経ってしまったなんて、信じられない。そう、あの日もこんなふうに空はとても青く、高くて……。

◇◆◇

事故によって傷ついた八歳のレティシアは、都からの馬車によって湖畔《こはん》のリュシオール城に運び込まれ、治療のために十日ほど城に滞在することになった。

目を覚ましてまず目に飛びこんできたのは、天井にきらきらと輝く大きなシャンデリア。窓辺には甘い香りをただよわせる白バラが飾ってあり、見たこともない立派な部屋にとまどう。

しかしすぐ横に誰かがいることに気づいて、ゆっくり瞬《まばた》きをした。

「あ……天使……さま……？」

濃いダークブロンドと、どこか憂《うれ》えた甘さをたたえるブルーの瞳、精悍に引きしまった口元。忘れもしない美貌の若者がそこにいた。

「私が天使だって？　面白い子だ。それともまだ夢でも見ているのかい」

けれども皮肉めいた笑いを返され、ようやく意識がはっきりしてきたレティシアは、すべてが現実だったのだと悟る。

――わ、私ったら……！

頬がかあっと熱くなり、急に言葉がしどろもどろになってしまう。

「ご、ごめんなさい。あの……っ」

言いかけると、ツキンと胸の傷が痛む。

「しばらく安静にしていなければだめだ。さいわい骨は折れていないが、尖った氷に切り裂かれた傷は思ったより深かったと医師が言っていた。おなかは空いている？　温かいショコラは飲めるかな」

若者の手を借りてゆっくり起きあがり、温かいカップを手にとる。

すると、いつも飲むものとはちがった爽やかな風味に、レティシアは若草色の瞳を見ひらいた。

「ああ、すこしオレンジを入れているんだ。なかなか美味しいだろう？」

「はい。とっても……」

きっと、これが都の洗練された飲み方なのだろう。ほこほこと身体が温まるだけでなく、気持ちがすっきりして元気が湧いてくる気がした。

ショコラを飲みながら、村からリュシオール城に運ばれたことを説明され、ようやく事情が呑みこめる。

「私はデュランだ。男爵家には連絡してある。念のために、数日はここで療養してもらうからそのつもりで」

「はい。わ、わたし、レティシア・ラ・リーシェといいます」

すっかりかしこまってしまったレティシアに、デュランと名乗った若者はくすりと笑う。

「それだけ元気のよい返事ができるのなら、安心だな。だがもし傷がひどく痛むようなら、すぐに医師を呼ぶことだ」

額のうえに繊細な、しかしまぎれもない男性の手が置かれ、レティシアはまた緊張してしまう。けれどその感触はなぜか彼女を安心させて、胸の痛みも和らいだ気がした。

「まだ熱っぽいようだから、もうすこし眠るといい」

そう告げると、若者は部屋を出ていく。

――デュランさまっていうのね……きっと宮廷にも出入りできるような、立派な家柄の人にちがいないわ。

生まれついての気高さと威容は隠しようもない。もし舞踏会や観劇といった貴族たちの社交場で出会っていたなら、きっと自分など近づくことさえできない相手だろう。

もっとも下流貴族の娘であるレティシアは、いまだに舞踏会はおろか、花の都と呼ばれる王都レリスにすら行ったことがなかったけれど……。

――苗字も教えてくれないし、なんとなく気位の高そうな人だった。でも彼は私の大事な恩人、守護天使《アンジュ・ガルディアン》よ。

もし兄がいたら、きっとこんなふうだったのだろうか。

そんな、どこか甘やかな憧れを感じながら、少女は瞳をとじる。

そしてそれがきっかけとなり、期せずしてレティシアはその後もデュランと交流を持つことになったのだった。

おなじ貴族とはいえ、身分の差は歴然としている。だから男爵家に戻ってしばらくたったある日、湖畔の城から使いが来たときは母と一緒に驚いてしまった。

「我が主におかれましては、レティシアさまには今後も気兼《きが》ねなく城を訪れてほしいとのことです」

そう告げられても、いったい自分のような片田舎の小娘が、なぜ彼のような都の公達《きんだち》の興味をひいたのかわからない。

それでもデュランにまた会えると思うと、レティシアは嬉しかった。なんといっても、彼はレティシアが守護天使ときめた人だったのだから。

　デュランはひとりで湖畔を散策したり近隣の森や高原に出向くのを好むようで、そんなときはレティシアを誘ってくれた。そして丘のうえから、湖や村の風景を一緒に眺めたりするのだった。

　けれどもときおりレティシアは、厳しい顔をした彼が遠方に霞《かす》む王都の方角をじっと見つめているのに気づくことがあった。

　それは八歳の少女にはとてもうかがい知れない複雑な思いを秘めているようで、声をかけることもできなくなる。そんな表情を見るとレティシアまでなんだか、胸の奥がせつなくなってくるのだった。

　思えば、なぜ彼がリュシオール城にやってきたのかも知らない。ずいぶん長く滞在しているけれど、病気療養といった気配もなく、すべてが謎めいている。

　──上流貴族って、派手な舞踏会や狩猟が大好きなのかと思ったけど、この人はちがうみたい。

　どうやら離れて暮らす兄がどこかにいるらしいのだが、詳しいことはわからない。城で夜会をひらいたこともなく、一緒に滞在しているのはシモンという大柄な体軀《たいく》の青年貴族だけ。もっとも彼のほうはなにかと忙しいようで、たまに顔を見るていどだった。

　そして──さらに月日は流れ、季節は移ろう。

爽やかな夏風にのって、華やかな教会の鐘の音が鳴り響いていた。

「あれはナタリーとセシルよ。セシルは若いけどとってもいいワインを作るの。ナタリーは宿屋の、えっと……なんとか娘って……」

「それをいうなら看板娘のことだろう、レティシア」

たったいま結婚式を挙げた若い男女を丘のうえから眺めていたレティシアは、隣に座るデュランに向かってパチンと手のひらを叩いた。

「そう！　その看板娘。セシルは宿の酒場にワインをいつも運んでいたけど、ぜんぜんナタリーに話しかけられなかったの。それでとうとう仲間がセシルにワインをたくさん飲ませて、ナタリーに介抱してもらえるようにしたんですって」

「ではセシルというのは、ずいぶん奥手な男なのだな。私が彼の仲間なら、さっさとナタリーを奪って焼きもちをやかせてやるところだ」

「まあ、デュランさまったら、そんな意地悪なことを言うなんて」

レティシアがぷっとふくれて呆れ顔をすると、デュランは肩を揺らして笑った。

「冗談だ。そんな野暮な真似はしないよ……ほら、これを食べて機嫌をなおして」

脇に広げられたピクニック用のバスケットから、王都から取り寄せた高級ショコラをつまむと、レティシアの唇にちょん、とまるでキスのように軽く押し当てる。

「もう、いつもそうやってお菓子でごまかすんだから」

そうは言いながらも、兄のように慕う守護天使に意地を張りとおせるわけもなく、レティシアはすなおに彼の指から甘いかけらを口にした。

「ふふっ、おいしい」

「あまり食べすぎると、太ってしまうぞ？」

「あ、また。レディに対して、失礼よ。デュランさまはもうすこし、言葉に気をつけたほうがいいと思うわ」

「やれやれ。きみまでそんなことを言うのか。いつもシモンにおなじような小言を言われて、うんざりしているというのに」

デュランが肩をすくめ、ふたりは顔を見あわせてひとしきり笑いあう。

と、ふたたび丘の下の教会からわあっという歓声が聞こえ、レティシアは花嫁の純白のドレスを見ながら、無意識に胸のあたりをそっと押さえる。

「……きれい」

レティシアがいつも羽織っているレースのケープは、母エレンが事故のあとに編んでくれたものだ。

大人になっても完全に消えることはない、と医師に告げられていたものの、傷の回復は順調だった。痛みも思ったよりはやく癒えていった。

しかしレティシアがなによりつらかったのは、母の落胆が大きかったことだ。

自分のまえではいつもどおりにふるまい、けれど夜は涙にくれながら娘のケープを編む姿を覗き見てしまったとき、レティシアの胸は張り裂けそうだった。

――私、もう二度とこの傷のことで泣いたりしない。そんなことをしたら、もっとお母さまを悲しませてしまうもの。

幼いながらにそんな決意を秘めたレティシアだったが、そんな彼女にとって、いま心の底から楽しいと思えるのが、こうしてデュランとすごすひとときだった。

出会ってほんの数か月とは思えなかった。不思議と、まるで生まれたときからそばにいてくれたような親しみを感じる。

「……まだ痛むのか？」

「ううん、ちがうの。ちょっとくせになってしまっただけ」

思わしげな若者のまなざしに、レティシアはあわてて話題を変える。

「デュランさま、私なんかと一緒にいて退屈しないの？　都にいれば舞踏会や歌劇場がたくさんあるんでしょう？」

「いや。退屈どころか、とても楽しい。ここでは誰もが正直で勤勉だ。こうした穏やかな生活も、きみのような子も……私にとっては生まれてはじめて接する世界で……すべてが新鮮だった」

晴れた日の湖のように澄んだブルーの瞳に見つめられれば、レティシアも胸がほんのりと温まり、自然と顔がほころぶ。

「私も、デュランさまといるのが好きよ。お母さまと一緒にいるのも楽しいけど、最近はあんまり元気がないの」

「男爵どのは、あいかわらずなのか」

「いまはもう、半月に一度帰ってくるかどうかよ。でも、私もお母さまもそのほうがいい。あの人の顔なんて、見たくないから……」

「私もそのことが気がかりだった。できれば手はずをととのえて、きみたち母娘をきちんと法務的に守ってやりたかったのだが、時間が──」

「ほうむてき、ってどういう意味の言葉？　それに時間って？」

ふっと表情を曇らせたデュランは、一瞬、ためらうように凛とした口元を引き結ぶ。

しかしすぐに顔をあげ、あどけない顔をしたレティシアの肩に手を置いた。

「レティシア、私はここを出ていかなくてはならない」

「えっ……王都に戻ってしまうの？」

「いや、海を渡ってオルストランド公国で暮らすんだ。クラヴィスに戻ってこられるかどうかは、わからない」

「そ…んな……」

あまりに唐突な話に、レティシアは言葉もない。悲しみよりも先に、驚いたショックで勝手にぽろぽろと涙があふれてしまう。

「きみが泣くことはない。急にきまったんだ。母上を大事にして、元気で暮らすと約束してほしい」

「でも……私……」

せっかく守護天使に出会えたのに――せめておなじ国にいるならまだしも、海を越えた外国に行ってしまうだなんて。

「ほ、ほんとうに…もう帰ってこれない…の……？」

なだめるように髪を撫でる指先があまりに優しく感じられて、とうとうレティシアはデュランにしがみついてしゃくりあげた。

「そんなに泣かないでくれ、レティシア」

「ごめ、なさ……でも、あなたは私の…守護天使なの……離れるのはいや。どこにもいかないで」

自分でもなにを口ばしっているのかわからないまま、涙がとめられない。

そんなレティシアを抱きとめながら、デュランは優しく小さな背をさする。

「もし戻ってくることができたら、そのときはかならず、きみに会いに行くと約束する」

「約束……かならずよ。かならず誓って」

「わかった。そのかわり、もし私以外の男と浮気をしたら許してあげないよ。それでもいいのかい？」

「も……こんなときまで、ふざけるなんてひどい」

ついレティシアが泣き笑いになると、デュランは淡く微笑んだ。

そしてレティシアを起こすと、羽織っていたケープをはだける。

「あ……！」

隠れていた胸元の傷痕がさらされ、レティシアは驚く。いったい、彼がどうしてこんなことをするのかわからなかった。

しかし、訪れた温かい感触にはっと目を見ひらくと、若者の美しい唇が傷痕に押し当てられていた。

瞬間、これまで感じたことがないくらい心が激しくふるえ、心臓がとまりそうになる。

「……おそらく成長すればするほど、きみはこの傷痕を厭《いと》い、つらく感じてしまうだろう。だからそうならないように魔法をかけた――いいかい、可愛いレティシア。もしもこの先つらいことがあったら、これは傷ではなくバラの花だと思えばいい」

「バラの……花？」

そう言われてあらためて傷痕を見やれば、逆さまになった一輪のバラのように見えなくもない。

「そう。なにも引け目を感じることなどない。そしてこの可憐なバラの花にかけて、私は

きみとの約束をけして忘れないと誓う」

そう言って、もう一度デュランはレティシアの額にもキスを贈った。

まるで騎士のような真摯なものごしに、胸がいっぱいになって、ただうなずくことしかできない。

「待ってる。私、あなたをずっと待ってるから……！」

屋敷へと戻る馬車に乗ったレティシアは、遠ざかるデュランの姿に向かって、いつまでも手をふりつづけた。

だが——。


数日後、レティシアが村の神父から知らされたのは、あまりにおそろしい知らせだった。

デュランの乗ったオルストランド公国行きの船が悪天候によって遭難し、生存者のいる可能性はないと報じられたのである。

◇◆◇

——お母さまがあれほど修道院行きを勧めたのは、そうすればデュランさまのことを忘れられるだろうと心配してくださったからなんだわ。彼とすごした故郷を離れて、おなじ年ごろの友達ができれば、悲しい思い出も薄れるだろうと……。

王都レリスの美しい並木道を辻馬車に揺られながら、レティシアはぼんやりと思い出をたぐり寄せている。

本来なら、八歳の秋には修道院に入るはずだった。しかしデュランの事故を知ったショックでなにも手につかなくなってしまい、一時は言葉さえろくに喋れなくなったほどだ。

だが一年が過ぎ、修道院での楽しい思い出話を母から根気強く聞かされ、ようやくその想いを受けいれることができた。

――でも結局、私はあの人を忘れることなんてできなかった。それどころか、毎夜、せめて夢で逢いたいと願いながら眠りにつくのが習慣になってしまった……。

あの別れの日、胸の傷と額にくちづけたデュランの姿が焼きついて離れない。まるで昨日のことのように鮮明な記憶を思いだすたび、心のふるえがよみがえる。

彼を失っていらい、どんな男性にも心を動かされることはなかった。子供心にはただ兄のように慕《した》い、甘えているだけで幸せだったけれど、成長するにつれて、あれはまぎれもない初恋だったのだと自覚している。

自分にとってデュランへの思いをこえるような男性など、二度とあらわれるわけがない。

そうレティシアは固く信じていた。

やがてマイヤーの待つホテル・メルドールのまえで、辻馬車は停まった。

都レリスでもひときわ華やかな目抜き通りに面している。一階は人気のカフェになっていた。

レティシアは、裕福な紳士淑女たちでにぎわうその入り口をおそるおそるくぐる。もちろん、このような場に足を踏みいれるのははじめてだ。

落ちついた革張りの長椅子、つややかに磨きあげられた飴色《あめいろ》のテーブル。珈琲《コーヒー》や温めたショコラの甘い香りもかすかにただようが、それよりも煙草の煙やアブサンの酒香、それに人々の喧騒《けんそう》にめまいがしそうだ。

――マイヤーさんはもういらしているかしら。手紙では、汽車のピンを襟元につけているると書かれていたけれど。

店内であたりを見まわしていると、やや派手に着飾った婦人ふたりとすれちがう。と、片方の赤毛の女性がレティシアに目をとめた。

「この子、どこかで見たことない？　ねえ、ミレーナったらあ」

「ええ？　あら、きれいなお嬢さんだこと。そう言われてみれば……」

連れの背の高い婦人は黒髪で、あでやかな大人の女性の色香をふんだんにただよわせている――しかし口のききかた、身のこなしから、貴族ではないとわかる。

「ねえあんた、せっかくお人形みたいな顔しているのに、なんなのその格好？　ストールなんか羽織って、まるで婆さんじゃない。どこの山奥から出てきたのさ」

「ちょっと、おやめなさいよ。ごめんねお嬢さん。この人、ちょっと悪酔いしてるの。気にしないで」

いったいどういう素性なのだろう、しかし凜とした美貌の黒髪の女性に微笑まれたレティシアは、ただ気おされたまま呆然とうなずくことしかできない。

「あー、ここがあのクソ男の定宿だったなんて、まったく気分悪いったら。鉄道王だか資産家だからって、なんだっての。あんなやつ、とっとと新大陸に帰ればいいのよ。あんただってあいつのこと、許せないはずだよ」

「そりゃそうだけど、ここで騒いでもしかたないわ。うちの店には出禁になったんだから、もういいでしょ……ほら、急がないと仕事に間に合わないわよ！　じゃあね、お嬢さん」

赤毛の女性をなだめつつ、黒髪の美女は軽やかな足どりで店を出ていく。

しかしレティシアは、いまの彼女たちの会話に不安をおぼえないわけにはいかなかった。

「鉄道……資産家ってまさか」

そうつぶやいた瞬間、店の奥の席から立ちあがった男と目があった。

紳士らしく撫でつけた黒髪に、贅《ぜい》を尽くした最新のファッション。襟元に光るのは、純金製と思われる汽車のピン――。

顔立ちは三十なかばにしては若々しくととのっている。しかし、どこか蛇を思わせるような灰褐色の大きな瞳に、レティシアはゾッと背筋が寒くなった。

「はじめまして。マドモアゼル・レティシア・ラ・リーシェ？」

「はい……はじめまして、ムッシュウ・マイヤー」

「ようやく本物のあなたにお会いできて嬉しいかぎりですよ。思ったとおり、絵姿の何倍も清廉《せいれん》で、お美しい」

外国人にしては流暢《りゅうちょう》な発音だった。しかし、礼儀作法にのっとり差し出された男の手に、レティシアはどうしても自分の手をかさねることができない。

男性が女性の手の甲にキスをする挨拶はふつうだが、なぜか彼にそうされることに生理的な嫌悪を感じている。それはむしろ恐怖に近かった。

——どうしたというの……私、なんて失礼を……。

意を決してふるえる手を伸ばそうとしたせつな、マイヤーがすっと手を下げる。

「ずいぶんと緊張なさっているごようす。見ず知らずの男と会うのですから、無理もないことです」

「いえ、ただこういったところにあまり慣れていなくて……ご無礼、お許しください」

なんとかそう答えたものの、自分を値踏みしているような、ねっとりしたまなざしに胃がすくむ。いますぐここから、彼のまえから逃げ出したかった。

しかしそんなわけにもいかず、彼のいたテーブルについて温かいショコラを注文する。

——リュシオール城でデュランさまがくれた、あのオレンジ風味のショコラ……都でならきっとそれが飲めるわ。そうしたら、気持ちも落ちつくはず。

レティシアはよく家でも真似してそれを作ってみたものだ。けれどなにがちがうのか、あのときの味を再現することができないでいる。

それでもオレンジとショコラが混じった香りはレティシアをいつも癒し、気持ちをすっきりさせてくれるのだった。

しかし給仕が持ってきたショコラはふつうのもので、シナモンの香りがするばかりだ。

「どうしました。なにか味に問題でも？」

言葉少ななレティシアに、マイヤーが身を乗りだしてカップを覗く。

「いえ、都ではオレンジの風味を使うのかと思っていたものですから」

「ほう、初耳だが美味《うま》そうですな。甘いものは苦手だが、ぜひ味わってみたいものだ」

そうしてしばらくは修道院時代の話などつづけていたのだが、なかなか胸の傷のことを言いだすきっかけが掴めないまま、会話の種も尽きてしまった。

やがてマイヤーが立ちあがり、勘定を済ませる。やっと劇場に向かうのだと思ってほっとしたものの、思いがけない言葉に足をとめた。

「せっかくの観劇だが、あなたにはもうすこしリラックスしていただきたい。どうです、うえの私の部屋で話しませんか」

「え……？」

「あなたにふさわしい観劇用のドレスも支度してある。ちゃんと着付けのメイドもつけますから、ご安心を」

「そ、そんなことまでしていただかなくても……」

「遠慮は無用です。さあ」

しりごみするレティシアの手を摑むと、マイヤーは強引にカフェを出て、ホテルの廊下を歩きはじめる。

「やめてください。はなして！」

恐怖のあまり、レティシアは反射的に男の手を強くふり払った。

「おや、おとなしそうに見えて案外と気が強いのだね。ますます気に入った」

払いのけられた手をさすりながら、口調を変えたマイヤーが笑う。底知れない気味の悪さをたたえた目つきに悪寒がはしった。

――やっぱりこんな話、信じるのじゃなかった……！

若草色の瞳をきっと見ひらき、レティシアは内心の怯えを悟られまいと必死だった。

目のまえにいる男には、どこか尋常ではないところがある。

――この人は、度量が広くて私に声をかけたわけじゃない。きっと、ほかのまともな貴族のご令嬢たちに、相手にされなかっただけなんだわ。

いいや、貴族どころか、さっきすれちがった婦人たちにも嫌われていたではないか。

世の中、そうそうおとぎ話のようなことが起こるわけがないのだと、レティシアは思い知る。玉の輿だと浮かれていた父も父だが、資産家というだけで、疑うことなく相手をまともな紳士だと思いこんでいた自分の愚かしさが悔しくてたまらなかった。

「私、帰らせていただきます。このお話はなかったことにしてください」

「それはできんね」

ふたたび、ギリリと腕を掴まれ、レティシアは痛みに顔を歪める。引きずられるようにして廊下を歩かされた。

「いいかねレティシア、きみが私のものになることはすでにお父さんも承知のうえなのだよ。私がリーシェ家の借金を肩代わりしてやる約束と引きかえにね」

「え……!?」

頬を叩かれたような衝撃に息をのむ。全身の血が凍りついたような気がした。

「だからあきらめなさい。きみは私に売られるんだよ。ふふふ、昼も夜もたっぷり仕込んで、私好みの愛らしい玩具《おもちゃ》にしてあげよう」

「……ひ……っ」

淫らな欲情をむきだしにする男の異常な笑い。

蛇に睨まれた小鳥のように、真っ青になったレティシアはすくみあがった。

するとその隙に、マイヤーは彼女のストールをはぎ取ってしまう。

「いやぁ！」

さらされた傷痕を両手で隠し、悲鳴をあげる。

「傷ものだということもあらかじめ聞いている。ああ、かわいそうに……これでは引きとり手もないはずだ。だが私は気にしない。もっとたくさんの傷痕を、その白い肌に刻みこんであげよう」

——ひどい……これはデュランさまとの、大事な誓いのバラなのに……！

大切な思い出までが穢《けが》されたようで、レティシアは唇を嚙む。

修道院での生活や絵姿の仕事中、この傷のことでまわりから同情や憐れみをうけなかったといえば嘘になる。

けれどもデュランがかけてくれた魔法の言葉のおかげで、レティシアは卑屈な思いにとらわれることなく、ずっと前を向いて生きてこられたのだ。

自分でも驚くほど激しい憤《いきどお》りがこみあげて、身体を縛りつけていた恐怖を打ち砕く。

ちょうど廊下の向こうを通りかかった男性客が見え、レティシアはありったけの気力をふりしぼり、「助けて!!」と叫んだ。

すっかり怯えきったものと信じていたのだろう、思いがけない行動に虚を衝かれたマイヤーの力がゆるむ。

その腕をもぎはなし、レティシアは廊下を駆けだした。

「くそっ……待て！」

すぐにマイヤーもあとを追ってくるが、レティシアがふたたび混雑したカフェにまぎれこんだので、人が邪魔になってなかなか追いつけない。

——どうしよう。どこへ逃げたらいいの……!?

カフェの出口はすぐ目のまえに迫っている。店を出れば目抜き通りが広がっていて、レティシアは転びそうになりながらも、必死になって走りつづける。

外はもう夕暮れどきだ。街燈に灯がともり、黄金色に輝く劇場街には豪華な箱馬車がつぎつぎと横付けされ、着飾った人々が優雅に大理石の階段を上っていく。

——だめ、行き場なんて、ない……私には、どこにも……！

ふり返ると、マイヤーらしき人影がこちらに向かってくるような気がして、レティシアは息を切らしながら、石畳のうえをただ走った。

路地をいくつも曲がり、自分でもどこを逃げているのかわからない。

そうしてとうとう、うらぶれた袋小路に迷い込んでしまう。

「どこだい、仔猫ちゃん。こっちに来たのはわかっているんだよ」

執拗《しつよう》なマイヤーの声が響き、革靴の音が足早に近づいてくる。すくみあがり、壁際に身を寄せたレティシアの心臓は爆発しそうだった。

と——。

目のまえの裏扉がガチャリとひらいた。

小間使いの若者が、休憩なのだろうか煙草をくゆらせて出てくる。どうやら飲食店の裏口らしく、なかからは大勢の人の気配、にぎやかな演奏とグラスや食器の触れあう音が聞こえていた。

「ごめんなさい、通して！」

思いきってレティシアは若者の横をすり抜け、ドアをくぐった。

大音声に思わず耳を押さえれば、劇場の楽屋裏のような場所だ。通路を進み、そっと袖から表舞台を覗き見たレティシアは、あたりのようすに目を丸くした。

――ど、どこなの、ここは……？

楽団にはさまれた舞台のうえを、派手な衣装を着た踊り子たちが何列にもなり、花のように舞い踊っている。

それをぐるりと取り囲んだ豪奢《ごうしゃ》な客席は二階の桟敷までもういっぱいで、人々はみなシャンパンやアブサンのグラスを片手に歓声をあげていた。赤や白、紫といったスポットライトがホール全体を縦横無尽《じゅうおうむじん》に照らし出し、目がまわりそうだ。

そして人々はみな正装だというのに、誰もが仮面をつけている。これが王都で流行《はや》りだという、仮面・仮装舞踏会のたぐいなのだろうか。

「ミレーナ！　ミレーナ！」

人々の視線をたどると、中央の舞台に、ひときわ大きな声援が送られている長身の踊り子がいた。

「え、あの人って……」

カフェですれちがった黒髪の美女に似ているように思われたが、派手な羽飾りのついた仮面をつけていて、はっきりとはわからない。

真紅のスパンコールをちりばめたきわどいドレスは、バストの部分だけ真珠をつないだストラップになっていて、豊満な裸の乳房が見え隠れする。ふわふわとしたフリル状の裾は、何重にも薄布がかさねられていた。

その裾を大胆に捲《めく》りあげれば、ドロワーズが丸見えになる。黒いガーター、レース編みの絹靴下につつまれた美脚をふりあげ、腰をくねらせる扇情的な踊りはレティシアがはじめて見るもので、刺激の強さに思わず赤面してしまう。

けれど、ウエストの締まったその肢体は、女の自分から見ても堂々としていて、とても美しく感じられた。

「ちょいと、お嬢さん」

しわがれ声にビクッとしてふり返ると、黒いドレスの老女がこちらを睨んでいた。

ぎゅっと結いあげた銀髪を黒いヴェールでおおい、鋭い瞳は淡い水色。右手には凝った銀装飾のステッキをついており、小柄なのに驚くほど貫禄がある。

「は、はいっ」

修道院の厳しい老尼僧たちを思いだし、レティシアはぎくりと姿勢を正してしまう。

「こっちはお客の来るところじゃないんですよ。迷ったんなら、さっさと客席へ戻ってくださいな。ああ、ちゃんと仮面もつけて」

客と思われているのだとわかり、ほっとしたレティシアは老女に頼んで仮面と、胸元を隠すストールを借りた。仮面は踊り子とおなじ赤い羽根つきのもの、ストールも安っぽい薄物だったが、それでもないよりはましである。

これでひとまず逃れられる、そう思いながら観覧席にまわり、適当な席に着こうとしたときだった。

「見つけたぞ。ずいぶん手こずらせてくれたな」

目のまえにマイヤーの下卑《げび》た顔があらわれ、レティシアは凍りついた。

「いや……こないで」

仮面をつけているのに、髪形とドレスで見分けられてしまった。その執念深さにおののき、ふらふらとあとずさる。

すると、その背中がトン、と誰かにあたった。

「あ…っ」

ふり返ると、ひとりの若い紳士が立っている。すらりとした背丈で、ここにいる多くの男性客同様、仕立てのよいフロックコートを着ていた。目深にかぶったシルクハットと目もとをおおった黒い仮面のせいで、相手の顔立ちをはっきりと確認することはできない。しかし襟元からのぞく髪はダークブロンド。そして仮面の奥の澄んだ湖のようなブルーの瞳――。

目が合った瞬間、レティシアの心臓がトクンと大きく跳ねあがり、泣きだしてしまいそうな懐かしさに見まわれる。

こんなときでさえ初恋の人を思いだしてしまう自分が、やるせなかった。

――でも……でもそんなこと、ありえない。あの人は船の事故で死んだのよ。

動揺しているあまり、いつのまにか借り物のストールがずれて傷痕がのぞいていることにも気づかない。

そんなレティシアをじっと見つめたのち、仮面の紳士は彼女をかばうように、マイヤーとのあいだに立ちふさがった。

「なんだ、きみは。そこをどきたまえ」

「いい歳をして踊り子を追いかけるとは見苦しい。無粋だとは思わないのか」

他の踊り子たちとお揃いの仮面をつけていたせいで、どうやらレティシアのことも、無理やり連れだされた踊り子だと思っているらしい。

しかしその声音に、またしても激しく心を揺さぶられる——記憶よりいくぶん低く大人びてはいるが、凜々しさのなかにも典雅な甘さを含んだ音楽的な声。

レティシアの鼓動は、ますますはやまるばかりだった。

「あいにく彼女——レティシアは、私の婚約者だ。部外者は引っこんでもらいたい」

マイヤーの言葉に、紳士の肩がピクッと小さく揺れた。

「……婚約していようがいまいが、これほど怯えている女性を黙って見すごすわけにはいかないな」

「ならば力ずくでも、どかしてやるぞ、正義漢ぶった若造め」

「ああ、できるものならやってみろ」

挑発的な笑みを浮かべた声で答えると、紳士は、脇を絞って両の拳をピタリとかまえた。隙のないその姿にただならぬものを感じたのか、マイヤーがぐっと二の足を踏む。

そこへ——。

「なにをしてるんだい」

さっきレティシアに声をかけた黒衣の老女が、屈強そうな用心棒を引き連れてやってくる。鋭い眼光には、人を圧倒する力がみなぎっていた。

「あんた、この店には二度と来るなと言ったはずだよ。さあ、とっとと出ていきな!」

ふりあげたステッキの先端を、びしり、とマイヤーに突きつける。

「……婆ぁめ、あまり図に乗るなよ……っ」

怒りで顔をどす黒く染めた凄まじい形相になったものの、マイヤーは踵《きびす》を返した。通路の人々を突き飛ばすようにしながら、出口へと消えていく。

「ふん、禍々《まがまが》しい男だ――けど、あんたも自重しとくれよ、ブランセルの若さま。揉めごとはごめんだ」

魔よけの印を切るしぐさをした老女は若い紳士をじろりと睨むと、レティシアには目もくれず、さっさと店の奥へと戻っていく。

「あっ、待ってください」

しかしお礼を言おうとしたレティシアの腕を、仮面の紳士がすばやくとらえる。

「気にするな。あの人は自分の店を守っただけだ」

おりしも舞台のダンスがフィナーレを迎え、客席の照明がふっと落ちて暗くなる。わあっと大歓声があがり、客たちは踊り子たちのカーテンコールに見入っていた。

「礼ならまず、私にしてほしいものだな、可愛い踊り子さん」

薄闇のなか、じゃれつくように耳元で甘く囁かれ、レティシアはうろたえた。

「わ、私、踊り子じゃ――」

ありません、と反論しようとしたせつな、軽く引きよせられたかと思うと紳士の胸に抱きとめられている。

「あ…、あなたは……っ」

初恋の人の名を尋ねるより先に、華奢《きゃしゃ》な頬をとらえられたレティシアは、いきなりくちづけられていた。

若草色の瞳を見ひらくが、すぐに恥ずかしさに襲われ、ぎゅっと目をとじる。

「…ん、…ぅ……」

熱っぽい感触が、慈しむようにレティシアの唇をやわらかくついばみ、吸いあげる。どくん、と心臓が激しくふるえた。

耳の奥がキンッとなって、周囲の喧騒が遠ざかっていく。

こわばるバラ色の唇をほぐすように、仮面の紳士の濡れた舌先がとろとろとレティシアを愛撫している。ちゅく、と上下の唇のあわいを悪戯《いたずら》っぽくつつかれて、頬が燃えるように熱くなった。

これがキス。

これが、大人の男性の腕、抱擁……そして唇。

ともすれば頭のなかが真っ白になってしまいそうで怖くなる。レティシアは必死に意識を保とうとつとめた。

――やっぱり他人のそら似だったんだわ。だってデュランさまはこんな失礼なこと、絶対にしないもの……！

なのに紳士はますます熱をこめてレティシアのふっくらした唇を甘噛みし、たしかめるように何度もくちづけをくりかえす。

火のような舌先がぬるり、と歯列をこじあけようと擦りつけてきて、ビクンと未知の刺激が背筋を駆けのぼった。

「…や…ぁっ」

反射的に顔をそむけ身をよじったが、さらに腰を抱きすくめる手には力がこもり、強く抱きしめられてしまう。

——恋人でもないのに信じられない。はじめて会った相手に、どうして…こんなことができるの……?

逃れようとして、せいいっぱい腕を突っぱろうとしているのに、どうしても力がはいらない。そんな自分が情けなくて涙がにじむ。

「…ふ……、っく……」

小さくしゃくりあげた肩先が揺れると、いくらか相手の腕の力がふっと弱まり、ようやく解放される。

呼吸困難の一歩手前だったレティシアは大きく息をつくと、我にかえって身体をもぎはなした。

「……ひどい。これがお礼がわりだとおっしゃるんですか」

仮面の奥から潤んだ若草色の瞳で睨みつけたが、紳士の表情は、やはり薄闇にぼやけてわからない。なまじ初恋の人に似た面差しがよけいに傷心を抉った。

「失礼します……!」

舞台の幕が下り、総立ちになった人々がブラボーと叫び拍手を贈る喝采《かっさい》のなか、ドレスをひるがえしたレティシアは、逃げるようにしてその場を立ち去った。

第二章　◇深紅《ルージュ》のバラ散る寝室で

興奮冷めやらない人々にわき返る客席を離れたレティシアは、黒衣の老女を追って舞台裏へと向かった。

あの堂々とした態度からして、彼女がこの劇場の支配人にちがいない。借りた仮面とストールを返し、マイヤーを追い払ってくれたお礼もきちんと伝えたかった。

けれど、いまだに胸の鼓動は高まったまま落ちつかず、頬の熱も引いてくれない。

すべてはあの仮面の紳士のせいだった。

——いくら暗がりだったからって、大勢の人がいるまえでなんて無礼な人なの。おまけに人を踊り子だと勘違いするなんて。ブランセルの若さまだとか呼ばれていたけど、きっと放蕩者《ほうとうもの》の貴族なんだわ。

ストールの乱れに気づいたのは、彼のまえから立ち去ったあとだった。しかしたとえ胸の傷を見られていたとしても、二度と会うことのない相手だろうと思えば、かまいはしなかった。

けれども、キスは——レティシアにとって生まれてはじめてのくちづけだった。

そっと指先で唇をなぞれば、しっとりと濡れた感触が恥ずかしくて消え入りたくなる。

あんなことさえされなければ、きちんとお礼を言うつもりだったのに。一瞬でもデュランを想い、胸をふるわせた自分が悔しくてならない。

「……やっぱり私、誰とも結婚なんてしない。一生、修道院で暮らしたほうがましよ」

「あら、若いのにそんなに悲観しちゃだめよお。人生、これからなんだから」

思わずつぶやいた独り言を聞かれ、驚いて顔をあげると、舞台の中央で踊っていたあの踊り子が目のまえに立っていた。

長い黒髪を下ろし、例の色っぽいドレスのうえからガウンを着ている。羽飾りのついた仮面もすでにとっていて、美しい黒曜石のような瞳がきらめいていた。

「あなた、カフェにいたお嬢さんでしょ。客席でごたついていたようだけど、なにやらいろいろと訳ありのようで気になってたのよね」

やっぱりこの人だったのだと、ほっとしたレティシアは自分も仮面を外した。

「マダムにこれをお返ししたくて。それに、助けてもらったお礼もお伝えしたいんです。この劇場の支配人だとお見受けしましたので」

折り目正しいレティシアの態度に、黒髪の踊り子はくすっと小さく笑った。

「劇場ってほど立派なもんじゃないけど。でもこの店を知らないなんて、そうとう箱入りのお嬢さんなのかしら。あたしはミレーナ。ここ〝ブーケ・ルージュ〟の踊り子よ」

〝ブーケ・ルージュ〟――赤い花束、というのがこの店の名前らしく、それで踊り子たちの衣装も赤をベースにしているのだろう。思いかえせば客席や舞台の装飾も、深紅のベルベットやサテンがふんだんに使われていた。

「私、レティシアといいます」

「じゃ、いらっしゃいな、レティシアお嬢さん。お母さんのところに連れていってあげる」

「……お母さん？」

「あ、もちろん実の親じゃないわよ。この店のオーナーをお客はマダム・ジェシカって呼んでるけど、踊り子たちはみんな、お母さん、って呼ぶきまりなの」

そう言って、ミレーナは踊り子たちでごった返す楽屋を抜け、さらに店の奥の廊下を進んでいく。別棟に入ると、そちらは品のよい宿のような落ちついた佇《たたず》まいになっていた。

「あのマイヤーってクズはね、金だけはあるし紳士ぶってるけど、ひどい変質者よ」

濃紺の絨毯《じゅうたん》が敷かれた廊下を歩きながら、レティシアがここに逃げ込んだ経緯をかいつまんで説明すると、ミレーナは露骨に顔をしかめて溜め息をついた。

「うちの店にも、あいつにひどい目にあわされた娘がいてね……ここには出入り禁止だと言っておいたのに、しつこいったらありゃしない。お嬢さんは無事に逃げられて、本当によかったわ」

もしあのまま捕まり、ホテルの部屋に連れこまれていたらと思うと、レティシアはあらためて背筋が寒くなる。

「ブランセルさんってかたが、守ってくださったんです」

「えっ、ほんと？　へえ……あのひねくれ者の若さまが、人助けをねえ〜」

「いえあの、ちょっとあいだに入ってくれただけですけれど」

ミレーナの黒い瞳が興味津々とばかりに輝きだすのを見て、レティシアはあわてて言葉をつけたす。この調子だと、キスされたことまで聞きだされてしまいかねない。

「あの……マダムも若さまって呼んでいましたけど、身分の高いかたなんですか」

ちらりとミレーナを見あげ、なるべく興味なさそうに聞いてみる。

けしてさっきの無礼なキスを許したわけではなく、いまだに腹だたしい思いでいたが、相手が誰なのかくらいは知っておきたかった。

「オルストランド公国から外遊中の子爵さまよ。大公家とは血縁の家柄だとか」

国を治める大公家と血縁関係にあるということは、つまり王族のようなものだ。ならばさっきのような傍若無人なふるまいが、むしろあたりまえなのかもしれない。

——オルストランド公国といえば、デュランさまが行こうとしていたところ……。

ふたたび胸の内がざわつき、落ちつかない気分になったが、レティシアは単なる偶然なのだと、みずからに言い聞かせた。

「さあ着いたわよ。お母さんの部屋」

ミレーナが重厚な扉についた金のノッカーをコツコツと鳴らす。しわがれた誰何《すいか》の声に、レティシアを連れてきたのだと彼女が告げると、おはいり、と返事があった。

「なんだい、お嬢さん。まだいたのか」

漆黒のベルベットのカーテンが、幕のように幾重にも張られている。壁には金の振り子時計、広い書き物机のうえには大きな水晶や翡翠《ひすい》の原石などが無造作に置かれ、さながら魔女か占い師の部屋のようだ。

しかし凝った銀細工の香炉《こうろ》からは上品な香りがただよい、書棚には分厚い背表紙の本がぎっしり並んでいる。

なんとも不思議な雰囲気にのまれそうになりながら、レティシアは長煙管《ながぎせる》をくゆらせる黒衣の老女、マダム・ジェシカに仮面とストールを返し、礼をのべた。

「気にしないでおくれ。あたしゃ、あの男が大嫌いなだけさ」

むっつりと告げる老女の水色の瞳は、あらわになったレティシアの胸元の傷をちらりと見やったが、ミレーナともどもなにも言わなかった。

「ねえお母さん、今夜だけでも彼女をうちに匿《かくま》ってあげたほうがよくないかしら。あのクズ男、きっと待ち伏せしかねないわよ」

突然の言葉にレティシアは驚いたが、ミレーナの顔はひどく真剣だ。けして冗談事ではないのだとわかり。また身体がかすかにふるえる。

たしかにいまから辻馬車を拾っても家まで戻るころには、とうに夜更《よふ》けを過ぎる。その道中、ミレーナの言葉どおりマイヤーがまた追ってきたとしたら。

――それに、家に戻ってもおなじことだわ。借金返済のためなら、お父さまは何度でも私をマイヤーに差し出すはず。

ほかに考えられる選択肢といえば修道院に逃げ込むことだが、王都からやや距離がある。そのうえレティシアがいなくなれば、父ロベールが真っ先に探しにくる場所だろうこともわかっていた。

すると思いつめたレティシアの心を読んだかのように、マダム・ジェシカが口をひらく。

「そのようすじゃ、身を寄せるあてがないんだろ――どうだいお嬢さん、あんたさえよければ、住みこみで働かせてやらないこともないんだが」

「お、お母さん!?　そりゃあ、とってもきれいなお嬢さんだし、うちには訳ありの娘も多いけど……」

ミレーナが形のよい眉をつりあげる。

「――ほ、ほんとうですか」

しかし思いがけない申し出に、レティシアは藁《わら》にもすがる気持ちだった。

ここにいれば、父にもマイヤーにも捕まることはない。

そのうえ働き口までもらえるのなら、こちらの居場所を明かさずに、父には内密で母に賃金を送ることができる。

「踊りはできませんけど、ほかのことならなんでもします。おっしゃるとおり、私、もう行く場所が……お願いします……！」

修道院でも身のまわりのことは自分でしていた。それなりに厳しい規律のなかでの集団生活にも慣れている。縫い物や簡単な食事の支度もできるし、家に戻るくらいならこの店で下働きとして働く覚悟をきめようと思った。

「それじゃレティシア、今日からあんたはミレーナの妹分だ。ミレーナ、きっちり面倒みて仕込んでおやり」

ふうっと長煙管から白い煙を吐くマダム・ジェシカに言いつけられ、ミレーナはレティシアを見やる。

「……ですって。どうする？　ほんとうに後悔しない？　もうお嬢さんあつかいはしないわよ」

「はい。よろしくお願いします」

きっぱり答え、レティシアはこくりとうなずいた。

けれど、彼女はなにも知らなかったのだ。

この王都レリスに名だたる社交場、〝ブーケ・ルージュ〟のもうひとつの顔のことを。

◇◆◇

「――これで、よかったのかい」

レティシアとミレーナが部屋を出ていったあと、マダム・ジェシカはふたたび口をひらいた。

すると背後のカーテンが揺れ、奥からヘイゼルの瞳をした黒髪の男があらわれる。長身で体格がよく、貴族の身なりをしていなければ軍人とでも思ってしまいそうだ。

「あんたのいうとおり、世間知らずな娘だね。ここで働くって意味をまったくわかっちゃいないんだから。だが、なかなかいい目をしていた。気に入ったよ」

「感謝します、マダム。途中で彼女たちがきたのには少々、あわてましたが。なんとか主の指示も間に合いましたし」

「やれやれ、天邪鬼《あまのじやく》な若さまにも困ったもんだ。あれほど揉めごとはごめんだと釘を刺したはずなんだが……とくに色恋がからんだ話には、さ」

「そういうマダムの若き日のロマンスも、あれこれ耳に入っておりますよ。かつては王宮を揺るがすほどの……わっ」

　黙っていればきりりと精悍な顔つきなのに、いささか軽い口調の男である。しかし長煙管の白煙を吹きつけられ、思いきりむせてしまう。

「でかいなりして無駄口叩くのでないよ。おまえさんもとっととお帰り。まったく、どいつもこいつも人をなんだと思ってるんだ」

「は……、これは、失礼。では、ごきげん、よう」

　ふん、と鼻を鳴らしたマダム・ジェシカは、げほげほと咳きこむ黒髪の貴族が部屋を出ていくと、ようやく険しい眉間をゆるめた。

「王族相手の恋……か。けして楽じゃなかったがね。ただどういうわけか、この歳になってもずっと、忘れられないのさ」

　淡い水色の瞳が燭台《しょくだい》の灯りに照らされ、ふと、懐かしげに光ったように見えた。

◇◆◇

「……ごめんなさい、ベッドまで借りてしまって。窮屈ですよね」

　その夜は、マダムの部屋とおなじ棟にあるミレーナの部屋に泊まることになったものの、レティシアはなかなか寝つけなかった。

「いいって。あなたはあたしの可愛い妹分なんだから。いろいろなことがありすぎて、気が高ぶっているのね。無理もないわ」

ミレーナはレティシアの身体に手をまわし、自分の胸元のあたりにくいっと引きよせる。ガウンからはみ出しそうな豊満な谷間に頬が触れ、レティシアはどぎまぎしてしまった。

「ふうん、どれどれ……ほっそり腰もくびれて、でもちゃんと出てるところは出てるわね。おっぱいとちがってお尻はちょっと小さめだけど、肌はすべすべね、気持ちよくてずっと触っていたくなっちゃう」

「ミ、ミレーナさんっ!?」

身体中のあちこちを撫でまわされ、レティシアは真っ赤になる。

「あはは、ふざけてごめん。でもこうしてると、なんだか妹のことを思いだしちゃうな。よくふたりで一緒に寝てたものだから」

「妹……さん？」

「そう。マイヤーにひどい目にあわされたのって、実はあたしの妹なの。王都の生活に憧れて、貧しい村からあたしを追ってやってきて……なのにあいつの金に目がくらんで騙された。あげくさんざん弄《もてあそ》ばれて、顔にも身体中にも傷や火傷《やけど》をたくさん負ったわ……明るい子だったのにすっかり人が変わってしまった。いまは故郷に戻って暮らしてるけど」

それを聞いたレティシアは、なにも言うことができなかった。

ただ唇を引き結び、そばに置かれた白い手をぎゅっと握る。

からりとした口調のミレーナだが、胸中にはさまざまな思いが渦巻いていることだろう。

こうしてなにかと世話を焼いてくれるのも、レティシアがマイヤーの毒牙にかかりかけたからであり、もしかしたら妹を救えなかった後悔の念があるのかもしれなかった。

――この店には訳ありの人も多いって、さっきミレーナさんも言っていたわ。それに胸の傷のことも、家のこともなにも訊かないでいてくれる……私だけが泣き言なんて言ってられない。まずはここで仕事をしっかり覚えて恩返ししなきゃ。

幼いころから村の人々と接していたため、レティシアには身分差意識があまりない。

そのせいで絵姿モデルの仕事でも重宝がられたし、むしろ気位の高い貴族令嬢や良家の子女ばかりの修道院のほうが格差がはっきりしており、肩身がせまかった。

だからミレーナにもすぐに親しみと好意をおぼえ、すなおになることができた。

「ミレーナさん、私、がんばります。よろしくお願いしますね」

「うん、わかった。ふふ……頼もしいわね」

片田舎の男爵令嬢であること、胸の傷痕のこと……そして父の借金返済のために絵姿モデルをしていたことなどをぽつぽつと話しているうち、しだいに眠気がやってきて、いつしかレティシアはすやすやと寝息をたてていた。

翌日、目覚めたのはとうに昼近い時間だった。

レティシアは夢も見ないほど疲れきっていたし、ミレーナは美容のために睡眠時間はたっぷりとる主義だと言いきっていた。

入浴と食事を済ませ、店のあちこちを案内してもらう。

「ここは昼夜逆転しているようなものだから、みんなが起きてくるのはたいてい今ごろね。舞台は毎晩八時から。週終わりの二日間は、客も店の者も仮面をつける趣向になってるの。昨日も見たでしょ？　これがえらい人気でね、王都の仮面・仮装舞踏会ばやりは、うちから広まったようなものなのよ」

高い天井、ベルベットと革張りで仕立てられた舞台まわりは深紅と黒に彩られ、豪奢《ごうしゃ》な金の房飾りや手すりが高級感を醸《かも》しだしている。

空っぽの客席は昨日の盛り上がりが嘘のように静まりかえり、なんとなくもの寂しく感じられたが、陽が落ちるころには、また活気をとり戻すのだろう。

「あの、私の仕事場はどこでしょうか」

「あ、それはこっち」

客席や舞台の掃除、あるいは厨房の裏方だろうと思っていたレティシアだったが、ミレーナは店の正面扉ではなく、舞台にほど近いべつの扉を押しひらく。ちょうど張りだした二階席の陰になり、目立たない場所である。

「ふだんはとってもコワ〜いお兄さんが立ってるから、一般のお客は入れないのよ」

扉を入るとすぐ上り階段になっており、その先には長い廊下がつづいていた。

——あんなところに扉があったなんて気づかなかったわ。それになんて豪華なの……まるで宮殿みたい。

天井も壁も、そして絨毯も。落ちついた臙脂《えんじ》や赤の色調で統一された、重厚な雰囲気だ。ところどころに金色の燭台やきらめくシャンデリアが吊られ、絵画や彫刻が飾られている。

「いい、レティシア。この店には貴族はもちろん、裕福な資産家や一流の芸術家や著名人が集まってくるわ。ときには政治家や他国の賓客《ひんきやく》もね。あなたには、そうした方々のお相手をしてほしいの」

ということは、この先は貴賓室《きひんしつ》なのだろう。どうやらレティシアはそこで給仕をつとめるメイドとして働くことになるらしい。

——他国の賓客……。ということは、あのかたもいらっしゃるのかしら。

昨夜、自分の唇を奪った不埒《ふらち》な子爵。

仮面の奥に輝く澄んだブルーの瞳をつい思い浮かべ、レティシアは妄想を散らすようにあわてて首をふった。

「わかりました。では、仕事着をいただかないといけませんね」

「し、仕事着？　そういう言いかたも…あるのかしら……ね。ええと、まあとにかくあとで採寸もしてあげるし、すべてこちらでお世話するから気にしなくていいのよ。とにかく、あなたが乗り気でなによりだわ」

なぜか怪訝《けげん》そうな顔をしたミレーナは、変わった娘だというように苦笑を浮かべる。だがすぐにいつもの頼もしい表情に戻り、レティシアの髪を撫でた。

「昨日、カフェではじめてあなたを見かけたときは、きれいだけど生気のないお人形のような娘だと思った。でも不思議ね、店で再会してからのあなたは、生きる力に満ちて別人みたい」

そう言われてもレティシア自身よくわからないが、考えてみれば、家には戻らずここで働く決意をしたことじたい、これまでの自分からは想像できないことだった。

マイヤーに追いつめられての決断だったが、そもそもあの蛇のような男の手からよく逃げられたものだと思う。

――あのとき私は恐怖に凍りついて、動けなかった……でも胸の傷のことを言われて、それがとても悔しくて……。

初恋の人との大事な誓い、思い出が、またしても自分に力を与えてくれた。やはりデュランさまは自分にとっての守護天使――そう思うと胸がぎゅっと痛くなる。

「さ、あなたのお部屋はここよ。深紅《ルージュ》の間と呼ばれているわ」

廊下の突きあたりにある大きな扉のまえで、ミレーナは立ちどまる。扉の両脇には猫脚《ねこあし》の花台があり、それぞれ大きな花瓶にたくさんのバラが活けられていた。

「あら、なんで花が……?」

「お花が、どうかしたんですか」

「お客のある日は、こうして赤いバラを百本ずつ活けるきまりなの。だけど今日はあなたも初日なんだし、きっとなにかのまちがいね」

しかし扉をひらけば小間使いの少年が掃除をしていて、ミレーナは眉をひそめた。

「ねえ、ちょっと。部屋をまちがえてるわよ」

「いいえ。マダムからこのお部屋を支度するよう言われてますけど」

「お母さんが? 聞いてないわよ!」

ふたりの会話に、レティシアはまったくついていけない。先に清掃係がいるということは、自分は給仕だけすればいいのだろうか——などと、この期におよんでまだ呑気なことを考えていた。

「いきなりなんて無理にきまってるじゃない。たしかめてくるわ」

「あの、私……たぶんできます。大丈夫ですから」

「ええ!? あなたまでなに言ってるのよっ」

ようやくミレーナの剣幕に違和感をおぼえ、レティシアはきょとんと答える。

「私、お給仕を――メイドをするのじゃないんですか?」

とたん、ミレーナはがくんとよろめき、激しいめまいをおぼえたように額を押さえた。色っぽい美貌を引きつらせ、呻くようにつぶやく。

「ああ……どうりで意気込みがよすぎると思った。あのね、レティシア。あなたがお母さんに言われた仕事はメイドじゃないの。この部屋で、殿方の夜のお相手をつとめることなのよ」

――……夜の……お相手……?

若草色の瞳を大きく見ひらいたまま、レティシアはその場に立ちつくした。


金色の太陽が大聖堂の双塔に沈み、王都レリスの空が宵闇《よいやみ》につつまれていく。しかし街燈や歌劇場の灯がつぎつぎに煌々《こうこう》とともり、不夜の都は昼よりもなお明るく輝きだす。社交の時間のはじまりだった。

〝ブーケ・ルージュ〟の店先にもきらびやかな照明がついて、ならび建つ劇場に勝るとも劣らない華やかな大理石の入り口には、店のトレードマークである深紅のバラがあふれんばかりに飾られていた。

今夜もしだいに立派な箱馬車が集まり、大勢の着飾った紳士淑女がやってくるのを待ちかまえている。

そんな表通りのにぎわいを、レティシアは深紅の間の格子窓から、ひとり眺めていた。

プラチナブロンドの髪は丹念に梳かれ、まるで妖精の姫君のようにふんわりと波うっている。耳元に、ほんのりピンク色をおびた大粒真珠のイヤリングが輝いていた。

淡い珊瑚色《さんごいろ》のシュミーズドレスは、なめらかな薄絹のうえにビーズ刺繍《ししゅう》で蝶や花が細やかに描かれている。コルセットはつけなくていいと言われていた。

そのかわりドレスの胸元からお臍《へそ》のあたりにかけて深いV字の切れ込みがあり、そこだけはバラ刺繍のはいった白レースのみが肌をおおっている。ともすれば姿勢によって、乳房まで透けてしまいそうだった。

肩はガーネットの珠をつないだ細いストラップだけ、背も大きくあいている。このままではあまりに身体の線があらわになってしまうため、房飾りのついた象牙色《ぞうげいろ》の大判ショールをすっぽりと羽織っていた。

どれもミレーナがなるべく清楚なデザインをと選んでくれたもので、上質で美しい品ばかりだ。貴族夫人に人気の仕立屋のものだという話もうなずける。

けれども舞踏会や観劇のための晴れ着ではなく、男性を歓ばせる目的の、夜の装いであることはよくわかっていた。

――胸の傷のことも先方は承知済みだから、気にしないようにってミレーナさんは言っていたけど……ほんとうにそんな殿方がいるのかしら。

昨晩のような戯《たわむ》れのキスひとつで、うろたえてしまうような自分だ。もしも不作法な真似をして、相手の機嫌を損ねたらどうなるのだろう。

――ほんとうにできるの……？　私に……。

不安な心を抱えたまま、レティシアは自分の身を抱くようにして、窓に背を向けるのだった。


「――ごめん、レティシア……」

その日の午後、あわててマダムの部屋に駆けこんだミレーナは、やがて肩を落として戻ってきた。

「もっとはやくに気づいて、きちんと説明しておけばよかった。あたしなんかと、あなたみたいなお嬢さんの感覚がおなじわけないのに」

華やかな社交場〝ブーケ・ルージュ〟のもうひとつの顔――。

それは、近隣諸国にまで噂されるほどの名高さを持つ、高級娼館だった。

マダム・ジェシカの取りしきる厳密な紹介制のもと、社交界の名士や、名を出すのもはばかられるほど身分の高い人々が訪れるという。

またミレーナをはじめ、美しい踊り子たちが相手をするのも人気の秘密だった。社交界の著名人と懇意の彼女たちは、有名な劇場や舞踏会に出入りできるほどの地位を得ていたのである。

貴族夫人や令嬢がたからいくら蔑《さげす》まれようとも、それは平民や貧しい生い立ちの女性らにとって、自力で摑みとれる唯一の成功譚に変わりなかった。

なかには客の妾《めかけ》になって店を辞めたり、ミレーナのようにパトロンから援助を得て作法や教養を学ぶ者も出てきている。容姿に自信のある貧しい娘が、みずから踊り子に雇ってほしい、と店の扉を叩くこともすくなくないということだった。

「だから、あなたがこの仕事を見下すどころか頑張る、って言ったとき、あたし心から応援しようって舞いあがっちゃって……でもとんだ勘違いだった」

「もう謝らないで、ミレーナさん。悪いのはぜんぶ私なの」

もちろん事実を知らされたショックは大きかったし、レティシアはあまりにもの知らずだった自分に、ただただ恥じいることしかできなかった。

しかしだからといって、マダム・ジェシカやミレーナを責める気になどならなかった。誤解は自分の落ち度だし、むしろ彼女たちは行き場のない見ず知らずの娘を案じてくれた側なのだ。

「レティシア、もちろんあなたほど清楚できれいなお嬢さんなら、あっというまに上客がつくのは目に見えてる。でもだからといって初日にいきなりだなんて」

その件についても、ミレーナはマダム・ジェシカにさんざん抗議をしてくれたのだが、にべもなくはねつけられてしまったのだった。

「こういう言いかたしかできなくて悪いんだけど……たしかに、初もの——つまり処女の娘には特別な価値があるの。だからお相手にはかならず特別な上客を選ぶわ。慰めになるかどうかわからないけど、こうしたことに慣れていて、優しくしてくれる年上の人ばかりよ。そのへんは、お母さんも抜かりないはずだから」

その口ぶりから、相手はミレーナにさえ知らされないほど身分の高い人間で、しかもすでに相当額の金銭のやりとりがあったことが察せられた。

くわえて〝初もの〟は吉事としてあつかわれ、客から店の者にも盛大なご祝儀がふるまわれるらしい。

つまりこの店にレティシアがいる以上、もはや彼女ひとりの問題ではなくなっているのだ。事態の進行はもうとめようがなかった。

——どうしよう、こんなことになるなんて……。けれども今度逃げたら、お店に大きな迷惑がかかってしまう。マダムとミレーナさんへの恩を仇で返すことはできないわ。

それにどのみち、逃げる先などどこにもない。

あのおぞましいマイヤーに捕まることを思えば、とレティシアは覚悟をきめようと決意をしたのだった。

とはいうものの――。

こうして身支度をととのえ、客の来訪をひとり待っていると緊張でどうにかなってしまいそうだった。心臓が締めつけられ、小さく肩がふるえてくる。

こんな自分の姿を思えば、母はもちろん、天国のデュランにも顔向けできない。そんな気持ちに心がぐらつきそうになる。

――でも私の気持ちは変わらない。本当に気持ちを捧げるのは空のうえのあなただけ。どんな殿方にもけして心は許さないから……。

そう、祈りにも似た気持ちで両手を組んだときだった。ドアがノックされ、レティシアは弾かれたように顔をあげた。

そして入ってきた人物の姿に思わず声を失い、その場に倒れそうになる。

ふらりと傾いた華奢《きやしや》な身体を、フロックコートをまとった若い紳士が抱きとめた。

「なるほど、こうすればすぐに男の腕に抱かれることができる。じつに合理的だな」

落ちついた、けれど甘く響く凜とした声の主――特別な上客というのは、昨晩レティシアにくちづけたブランセル子爵その人だったのだ。

――どうして……!?　まさか、この人が来るなんて。

昨日とちがい、帽子も仮面もないその姿を、レティシアは呆然と見つめた。

典雅ながらも凛々しい素顔は、やはり初恋の人の面影を色濃く宿している。

そればかりか、やや近寄りがたさはあるものの大人の男性としての威容を増し、見惚れんばかりの魅力にあふれていた。

あまりに激しく心を乱されたレティシアは、口元を両手でおおったまま、彼の腕のなかから逃げ出すことも忘れている。

「どうした？　幽霊でも見たような顔だ」

やや皮肉めいたようすで小さく微笑まれれば、それだけで心臓が早鐘をうつ。

流れるダークブロンドの髪、おなじ色に輝く長いまつ毛と、宝石のようなブルーの瞳。

幽霊どころか、まさに成長したデュランが天から降りてきたようにしか見えない。

「……あなたは……」

「ああ、おたがい仮面をつけていたが、昨日も会っているな」

「ち、ちがうんです……そうではなくて……」

銀鈴《ぎんりん》のようなか細い声がふるえる。よそよそしい子爵の口ぶりに、レティシアは「私を覚えていないのですか」という問いを呑みこんだ。

どのみちマダムから胸の傷のことを知らされている以上、デュランではないとわかっていたのに。未練がましい自分の愚かさを苦々しく思う。

なのに別人である彼の顔を見ているだけで、どうしても胸がいっぱいになり涙があふれそうになるのだ。

そんなようすに、子爵はそのままレティシアを軽々と抱きあげた。

「なにを、なさるんですか」

「なにをと言われても、ここは深紅の間だ。なさることなどきまっている。のんびりカード遊びをしているわけにもいかないだろう？」

これからおまえを抱くのだと、ゾクリとするほど艶めいた秋波《しゅうは》を送る男の瞳が物語っていた。もちろん、あのデュランがこんな表情などするはずもない。

けれど、これほど面立ちの似通った人がふたりといるだなんて——そしてその人に、はじめてを捧げることになるなんて。

言葉に詰まるレティシアを、子爵は部屋の片隅へと運んでいく。

その名に深紅を戴く室内だが、どこもかしこも赤だらけというわけではない。むしろ娼館とは信じられないほど上品で広々しており、レティシアが最初に感じたとおり、宮廷女性の優雅な私室といった雰囲気だ。

深紅なのは絨毯と、飾られているバラの花のみ。ほかは、客の男性が落ちつけるようにとの配慮からか、大きな毛皮の敷き物や革張りの長椅子、家具など黒を多用し引きしめられている。

銀文様が描かれたベビーピンクの壁。高天井から吊られた瀟洒《しょうしゃ》なシャンデリア。大卓には季節の果物や菓子がたっぷり盛られ、高価な酒類とクリスタルのグラスが、燭台の光を反射し輝いていた。

そして部屋の一角に、きらきら光る金銀糸が織りこまれた濃紫《こむらさき》の紗布が、天幕のようにふわりと幾重にも張られていて、ここだけは官能的な雰囲気だ。

その奥に、天蓋つきの大きな寝台が置かれていた。

灯りは蠟燭《ろうそく》一本きり。天幕とおなじく濃紫色のベルベットの上掛けに、バラの花びらが散らしてある。天蓋の真上には、星空を模した水晶のかけらがきらめいていた。

「ロウソクにバラか。ずいぶん懐古的なのだな、ここは」

面白がるようにも、皮肉げにも聞こえるつぶやきをもらし、ブランセル子爵はレティシアをそのうえに横たえた。

「美しい髪だ。オルストランドでは、星くずを編んだような輝きと喩《たと》える」

寝台に腰かけるとレティシアを覗きこむように身を乗りだし、上掛けに広がるプラチナブロンドの髪を手にとりくちづける。

「あ……あなたはずっとオルストランド公国でお育ちになったのですか」

ふとデュランに離れて暮らす兄がいたことを思いだし、もしやとレティシアは勇気を出して問いかけた。

「唐突だな。それを聞いてどうする」

「……昔、あなたにとてもよく似た人に救けられました。でもその人は事故で亡くなって……もしかしたら、ご兄弟ではないかと」

揺れる若草色の瞳に映ったブランセル子爵の彫像のような表情が、すっと引きしまる。ゆっくりと瞼《まぶた》をとじ、そしてもう一度レティシアを見つめた。

「──そうか。ではほかの男と婚約しても、私のことをまるきり忘れたわけではなかったのだな。それともいまになってようやく思いだしたのか？　レティシア」

冷めたまなざしでそう言い放つと、いきなりレティシアの唇を荒々しく奪う。

「……っ！」

ふたたび誰何する機会も与えられず、思考が麻痺した彼女は、ただ人形のようにされるがままだった。

これは本当に現実なのだろうか。ここにいるのはいったい誰なのか──衝撃に焼ききれた頭は真っ白で、なにも考えられない。

けれど唇のあわいを熱い舌先でくちゅりと割られると、身体がひくりとこわばった。

反射的に顔をそむけようとするが、細い顎を摑まれ動けない。

「……ん……ぁ…っ」

さらに追いこむように、深く唇をかさねられる。

大きく口をひらかされ、じゅっと音がするほどきつく舌を吸われれば、粘膜が擦れ、唾液の混ざりあう淫靡《いんび》な湿感に背筋がふるえた。

昨晩の戯れるような甘いキスとは、まったくちがっていた。

いやらしく蠢《うごめ》く熱い舌先――ねっとりと貪るように、何度も何度もレティシアの口内をまさぐっては吸いあげる。

なにかに憑りつかれたかのようなその執拗《しつよう》さに煽られ、レティシアの頬が、ひとりでにかあっと染まってしまう。そればかりか、高熱を発したときのように身体まで熱くなって怖くなる。

――これは夢、悪夢よ。きっと悪魔があの人を身体を奪いとってしまったんだわ。

あれほどそっくりだと思っていたはずなのに、いまは目のまえの男《ひと》をデュランだと認められない。認めたくなかった。

「……や……いや……っ」

ようやく唇を解放され、レティシアは乱れた息を必死でととのえた。

しっとり色づき濡れた唇がじんじんと疼《うず》いている。いたたまれず、瞳を伏せた。

「そんな調子では今宵《こよい》の伽《とぎ》がつとまるのか疑わしいな。もっと従順になれ。それともわざと私を焦らす趣向のつもりなのか？」

揶揄《やゆ》するような意地悪な言葉に、胸がズキンと痛む。

記憶のなかのデュランは皮肉屋ではあったけれど、こんなことを言う人ではなかった。

また、レティシアの知らない艶めいた大人の男の顔をして、強引に淫らなことをするような人でもなかった。

「……あなたは私の知ってるデュランさまじゃないわ……！」

「ならばきみの言うとおり、その男は死んだんだろう。だが、いまこうしてきみを買ったのはこの私。デュラン・ブランセルだ」

謎めいたことを囁きながら、彼――デュランはレティシアに再度、くちづける。

「……ん……は……ぁ……」

先ほどより激しさは薄らいだものの、変わらぬ執拗さでふっくらした唇を舐めとり、ぬるぬると淫靡に舌をからめてくる。

――ほんとうに…ほんとうにこの人が、あのデュランさまなの……？

その豹変に驚き、畏怖さえおぼえているかたわらで、彼が生きていたという歓喜に胸がふるえる。

もっと話がしたい。いったいその身の上になにがあったのか、教えてほしかった。

けれど居丈高《いたけだか》な物言いや強引なくちづけに、怯え混乱しているのも事実だ。声が掠れ、心と身体がばらばらになりそうだった。

「や…ぁっ……も…ぅ……はなし……て」

唇が離れた瞬間、逃れるように身をよじり、起きあがりかけたレティシアを、背後からデュランが抱きとめる。

「いやだと言いながら、自分がどれだけ色気のある声を出しているのか、わかっていないのだな。ずいぶんと男を焦らすのが好きらしい。そうやってあの資産家とやらも誑《たぶら》かしたのか？」

「そんな、ちが……」

胸元に伸びた手が形のよい膨らみに触れ、はっと息をのんだ。背中に彼の体温を感じたまま、ストールごしに乳房をつつみこまれ、検分するかのように撫でまわされる。

「……はなして、デュランさま……おねがい」

「きみはもう八つの女の子ではないし、私も十六歳の少年ではない。おたがい、ただの男と女だ……見てごらん、きみの身体だってこんなにたわわに実っているじゃないか」

デュランは愉しむように、何度も乳房をすくいあげては重みをたしかめる。レティシアのうなじや首筋に小さなキスを降らせながら、ストールをスルリと取りはらった。

「あ……」

あらわになった傷痕に青ざめたが、デュランはなにも言わずにドレスのうえから乳房を愛撫する。つるりとした光沢のある薄絹のうえを指先がいやらしくなぞり、摑み、弄ぶように揺すった。

「これではレースのあいだから熟れた果実が透けてしまうな。清楚なきみがこんな大胆なドレスを着ているとは、ひどくそそられる」

「だめ、見てはいや――あっ！」

肩をすぼめて胸を隠そうとすれば、こりっ、と先端を唐突につままれ、淡い痛みと刺激に思わず悲鳴がもれた。

「まるで処女のような反応だ。ああ、もちろんマダム・ジェシカからはそう聞いているが、真偽は抱いてみるまでわからないだろう？」

マダムの名を出され、レティシアは現実に引きもどされる。

――そうだわ……この人は特別な賓客。そして私は〝初もの〟で、逃げることなんて許されない。

いや、そもそも逃げることをやめようときめたのは、自分の意志だったはず。

たとえ相手が、別人のように変わりはてた初恋の人であったとしても……。

しばし迷い、抵抗をやめたレティシアを、デュランはふたたび寝台のうえに横たえた。

黒いフロックコートの上衣を脱ぎ、タイをゆるめる。

正面から傷痕をはっきり見たはずだが、誓いのことなど忘れてしまったにちがいなく、

「すこしは落ちついたようだな。覚悟ができたか」

と、しばしレティシアを見やったきり、それ以上はなにも言わなかった。

胸の谷間からお臍までつづく白いレースの切れ込みにそって、長い指が双乳のうえを何

度もすべる。

「……ん……っ……く……」

かすかにもり上がる敏感な先端が、ツンと指先に引っかかるだけで、肩がピクリとはねてしまう。頬がまた熱くなって。レティシアはぎゅっと瞳をとじた。

さまざまな思いが気持ちを乱し、とてもデュランをまともには見られない。せめて涙は見せまいと気を張るのがせいいっぱいだった。

「悲愴な顔だな。それではまるで死罪になる者のようだ」

「そんなつもりでは……」

おずおずと瞳をひらいたものの、あきらかに緊張しているレティシアのようすに、デュランは苦笑した。

「怖がることはない。死罪どころか、天国にいかせてやるのだから」

一瞬、ブルーの瞳にふっと昔の面影がよぎった気がして、懐かしさのあまりレティシアの心臓がトクンとはねた。

だがそれもほんのつかのま、ダークブロンドの髪がドレスのうえにおおいかぶさり、乳房にキスされる。不意を衝かれ、抑えていた喘ぎがかすかにもれた。

「……ぁ……」

湿った薄絹ごしに、ぬめる舌の感触が敏感な乳首をつつき、熱い口腔にちゅぷりと吸いこまれる。指よりもずっと淫らで強い刺激に、思わず背をそらしてしまった。

「そんなに悶えて、きみはここを弄られるのが好きなようだな」

「…っ……ちが…い…ますっ……」

レティシアは白い肌をうなじまで真っ赤に染め、首をふった。

たまたま、彼に胸を押しつけるかたちになってしまっただけだった。それなのに、わざと愉しんでいるような言いかたをするなんて。

「わたし……好きなんて、言ってません」

どんどんはやまる心音。恥じらいと、まるで人を好色呼ばわりするデュランへの恨めしさがないまぜになり、立場も忘れてぷいっと横を向く。

「あいかわらずの意地っ張りだ。ならばその言葉が本当かどうか、たしかめようか」

すると宝石のような瞳に挑発的な光を宿したデュランは、レティシアの双乳をわし摑み、大きく捏ねまわしはじめた。

それぞれの乳首に舌を這わせ、生地がぐっしょり濡れそぼるほど強く吸いあげる。もう片方は親指をつかって捻り、グリグリと押しつぶした。

「…あ…、…んぅ……！」

その刺激の強さに、レティシアの身体がひくつく。意志の力で抑えつけようとしても、無駄だった。

痛みのせいではない。痛みはたしかにあるけれど、すぐに痺れに変わってしまう。そしてその痺れが消えるまぎわ、最後にとろりと沁みいるような甘い余韻を残すのだ。

その甘さに触れることを、レティシアは本能的に怖れた——こんな変化が自分の身体に起こるなんて、認めたくない。

「やっぱりお気に召しているようだ。女というのは、みんな嘘をつく。こんなにいやらしく尖らせては、言い逃れもできそうにないいな」

「うそ、うそよ……気に入ってなんか…ない……」

消え入りそうな声になりながらも、必死にレティシアはデュランを睨みつける。

けれどもツンと勃ちあがったふたつの頂きは、淡い珊瑚色の薄絹を淫らに突き上げている。なめらかな生地に、乳首の形がぽっちりと浮かびあがっていた。

「だったらこうすればわかるだろう。ほら…よく見るんだ」

さらにデュランは、ドレスの胸元を左右に押し広げた。

引き伸ばされた白いレースに、押しつけられたピンク色の乳頭がくっきり食い込み、たまらなく淫靡な光景となる。

「いや……恥ずかしいの……っ」

「これでも感じていないと言い張るのか？」

バラ刺繍のほどこされたレースの網目が、ギチギチと新たな刺激を勃起した乳首に伝えてくる。乳輪さえもぷっくりと膨れあがっていくしまつだった。

「清楚なきみが、はしたなく興奮している証しだ」

「……あ……あぁ……」

レティシアの背筋を、怖れていた禁断の甘さがぞくぞくっと駆けのぼる。

思わずもれた熱い喘ぎに、耳を塞ぎたかった。こんなふうに辱められて、もう泣きだしてしまいそうなのに――どうして。

「すてきな眺めだ。こんなに人を高ぶらせて……きみはいけない子だな」

頬を紅潮させせうちふるえるレティシアを、デュランは満足げに見やった。

優美な口元をほころばせると、さらに手に力を入れる。パリッという乾いた音とともに、白いレースがたやすく引き裂かれた。

「…や、め――あっ！」

制止もむなしく、たわわな双乳が飛びだすようにこぼれ出る。

じんわり疼いた乳頭の先端が圧迫から解き放たれ、硬くしこっている。羞恥に身を焦がすレティシアは、手の甲を口元に押しつけた。

「想像していたよりもずっと大きい。男を誘い惑わせる、とてもいやらしい形だ……服のうえからでもこんなに感じていたきみだ。じかに触れたら、いったいどうなるのだろうな」

美しいブルーの瞳が、雄の欲情に濡れ輝いている。

——信じられない。あのデュランさまが……こんなふうに私を見るなんて。

まるで悪魔に魅入られでもしたような蠱惑的《こわくてき》なまなざしに炙《あぶ》られ、レティシアの身も心も蜜蠟のように溶けくずれそうだった。

これ以上、誘惑しないでほしい。彼の言うとおり、ドレスのうえからでさえ、あれほどに乱されたのだ。

「さわらないで……もう、許して」

「許す？　あんな男と婚約しておいて、よく言えたものだ」

「……それは……」

もし目のまえにいるのが八年前のままのデュランだったなら、時間をかけて洗いざらい話せていたはずだった。

しかしいま自分を見下ろしている彼は別人のようで、どう接していいのかもわからない。そんな相手に「借金のため、実父に売られたあげく逃げ出した」などと告白するのはあまりにも惨めだ。これ以上、蔑まれるのはつらすぎた。

そのうえひどく混乱しきったいまのレティシアには、事情を説明する冷静さも余裕もあるわけがなく、

「婚約は……、マイヤーさんとは…なにも……」

ただ瞼を伏せ、たどたどしく言葉を紡ぐのがやっとになる。

しかしそんな態度にかえって疑惑をかきたてられたのか、デュランは懇願に耳を貸すどころか、きつく瞳を細めた。

「あいにく、私は女の言葉など信用しないたちなんだ。昨晩、あんな痴話喧嘩を見せつけておいてよく言う。こんな部屋にいるきみだ、むしろ財産目当てに資産家を誑かそうとしても驚かない――それに許しを請うつもりなら、まずは私をたっぷり歓ばせてもらいたいものだ」

そう言って、むきだしに艶光った双乳を摑み、激しく捏ねまわす。

「きみだけは、ちがうと思っていたのに」

「ひ……ぁ」

たわわな果実を思う存分に苛められ、レティシアの声がうわずる。いったい、誰に対してなにがちがうというのか。彼の言葉は謎だらけだ。

けれどそんなことを考える暇はなく、すぐにこみあげてくる疼きに翻弄される。

「まるで絞りたての極上のクリームだ。とろけそうにやわらかく吸いついて……いつまでも、飽きずにこうしていたくなる」

熱い手のひらが、ドレスの破れ目からむちりとはみ出た乳房を押しあげた。上向きになった両の乳首をギュウッと引っぱりあげられ、全身が痙攣《けいれん》するかのようにわななく。

いまや敏感になりすぎたその突起が、淫らな感覚をじんわりと全身に広めていくのをとめられない。淡く甘い疼きをおぼえた腰が、知らずにひくりと揺れる。

「あぅ……だめ…、さわらない…で……そこは、いや」

「いやがるどころか、真っ赤に色づいて脈うっているとも」

デュランは、レティシアの耳元に唇をよせて囁いた。

容赦ない言葉とはうらはらに、伏し目がちのまなざし、甘く響く熱っぽい声音が、さらにレティシアをとまどわせる。

「もっと感じてよがればいい。いまのきみにできるのは、せいぜいこんな真似くらいだと、よく覚えておくことだ」

真珠のイヤリングごと味わうように耳を舐めしゃぶられては甘噛みされ、さらに小さな孔にまでじっとり舌先を抜き差しされて責められる。同時に尖りきった乳首を指で転がされ、身悶えるレティシアは寝台の上掛けをぎゅっと摑んだ。

「…んんっ……やぁっ……あ……」

自分でも信じられないほどに、火照《ほて》った身体はどんなささいな刺激もとらえ、じれったいような、甘いむず痒さに変えてしまう。悪魔の誘いに負け、溺れていくような陶酔感がやるせなかった。

そして無意識に腰をよじり、両脚をもどかしく擦りあわせるそのさまを、デュランは見逃さなかった。

「ああ、ほかにも可愛がってほしいところがあるようだな」

「……わたし…わからない……わからないわ……」

「恥ずかしがることはない。どこがいいのか教えてごらん」

プラチナブロンドの髪を撫で、あやすように耳元で囁きつづける。

耳朶《じだ》や首筋にも小さなキスをくりかえし降らされれば、まるで催眠にかかったように陶然となって、八年前の幻想を追ってしまいそうになる。

そんなせつない胸中をふり切ろうと、レティシアはわざと声を硬くする。

「だめよ。あ、あなたに触られると、どんどん……おかしくなってしまうもの」

「女の身体とはそういうものだ。男などより、ずっと貪欲に快楽を感じるつくりになっている」

「そんな話、聞いたことが……ん…っ…ない……わ」

「それはそうだろうな。修道院ではそんなことは教えない。あとは自分の身体でためしてみればいい」

囁きとキスにすっかり気をとられていたレティシアは、意地悪な笑みを浮かべたデュランが自分の下肢に手を伸ばしていたことに気づかなかった。

激しく胸を揉みしだかれるうち、レースの裂け目はお臍のあたりにまで広がっていた。

するりとランジェリーの内側にしなやかな手が入りこむ。

「あぁっ」

ふっくらとした秘密の丘を愉しむように撫でまわされ、かあっと全身が燃えた。ぎゅっと太腿をとじて拒もうとすると、もう片方の腕で軽く膝を立たせられ、指先が秘裂にまで届いてしまう。

あまりに自然で慣れた所作にレティシアは呆然としたが、すぐに花唇を揉みこむようにマッサージされ、湧きあがる感覚に背をふるわせた。

「……く…、ん……っ」

「ここも吸いつくようなやわらかさだな。それにとても熱くなってる」

自身ですらほとんど触れない場所だ。なのに、デュランの指はやすやすと花唇を割って、内側の媚肉をいやらしく擦る。

ねっとり執拗なその動きに、じんじんと甘い刺激が下肢をからめとる。声も出せずに仰のくレティシアの喉がこくりと動くと、腰の奥底がきゅうっと熱く痺れ、秘められたところから、じわっとなにかがあふれた。

「……んっ……ぃやぁ……」

「濡れてきたのは、きみが感じているからだ」

花芯からこぼれた蜜を、秘部全体にヌルヌルと塗り広げられ、あまりの淫猥《いんわい》さにレティシアはいやいやと頭をふる。

しかし潤滑さを増したそこはさらに気持ちよくなってしまい、身体からどんどん力が抜けていく。自在に這いまわるデュランの指先に、翻弄《ほんろう》されるがままだった。

「ほら、もうこんなにはしたなくあふれさせて……これではドレスにまで染みができてしまうな」

すでに自分の手で引き裂いておきながら、デュランはそんなことをうそぶく。そのさなかにも手を休めることなく、ちゅくちゅくと淫らな音をさせてレティシアの媚肉を捏ねまわした。

人をはしたなくさせているのは、彼のせいなのに。そう思うと恨めしいような、悔しいような気分になる。

「…だったらやめて……もう、帰っ……ひ、あぁ」

レティシアは熱く乱れる吐息をこらえて訴えようとしたが、愛液に粘つく指先にふっくらした小さな突起をツンとつつかれ、喘いでしまう。

同時に、蜜をこぼす花芯までが勝手にヒクつき、腰の奥底がもっと激しく疼いてしまい、たまらなくなる。

「これほど人を煽っておいて帰れとは、ずいぶんとひどいことを言うじゃないか」

レティシアの言葉に気分を損ねたのか、デュランは酷薄なまなざしで泰然《たいぜん》と笑う。淫らな突起をいたぶるように転がされると肉莢《にくさや》が剝け、ぷっくりとした紅玉が顔をのぞかせた。

敏感なその紅玉を、押しつぶすように擦られたかと思うと、小刻みに揺さぶられる。とたん爪先まで痺れるような、これまでになく濃密で鋭い快感がおそいかかった。

「や……ぁっ……ふぁぁあ……あぁっ」

こらえきれず、レティシアは自分のものとも思えぬ甘い嬌声をしゃくりあげていた。

「そんなに腰をふって……まるで盛りのついた猫だ。これでもまだやめてほしいというのかい、レティシア?」

つづけて花芯の入り口を探りあてた指先が、つぷりと内側に侵入したせつな、潤んだ若草色の瞳が大きく見ひらかれる。

指は熱く濡れた襞をかきわけ、乙女の隘路《あいろ》をひらいていく。ぬちゅぬちゅと聞くに耐えない音をさせ、掻きまわされていた。

「っんん………はぁ…、あ……っ」

「処女というのは嘘ではないらしいな。力を抜くんだ……そのうちに慣れてくる」

痛みは予想してたほどではないが、身体の内側をまさぐられるはじめての感触は、とても慣れるようには思えなかった。

けれどそれより、淫らな行為にふるえるさまを、初恋の人にあますところなく見られている羞恥のほうがなにより耐えがたい。そして悶えてしまう、自分のふしだらな身体も
——なのにデュランの囁きと指先に溺れ、しだいにほかのことが考えられなくなっていく。

腫れあがった突起を弄くられるたびに、内壁が彼の指をまるで咥えこむようにヒクヒクと動いてしまう。

「……もう、しないで……それ…、へんに…なるのぉ……っ」

腰の奥底が激しく脈うって、とうとうレティシアはすすり泣く。行き場のないまま焦されつづける愉悦に、おかしくなりそうだった。

「いや、もっとだ。もっと我を忘れて溺れ、乱れるきみが見たい。私だけの……きみを」

──わ…たし……だけの……きみ……?

頭の片隅でぼんやり思ったものの、せりあがってくる甘い愉悦に耐えるのがせいいっぱいでは集中などできるはずもなく、すぐに疑問は霧散してしまう。

やがてデュランは指を引き抜くと、珊瑚色のシュミーズドレスをレティシアの身体からとり去った。

ねっとり糸をひくほど愛蜜に濡れそぼったランジェリーを脱がせ、自分のズボンの前立てをくつろげる。

いくら世間知らずのレティシアであっても、さすがにその動作がなにを意味するのかはわかっていた。

「…あぁ……デュランさま、おねがい」

「そんなに我慢できなかったのか。お望みのものなら、これからたっぷり味わわせよう」

白いガーターと絹靴下を残すだけの無防備な両脚が、大きく広げられる。拒んだはずの哀願をわざと曲解《きょくかい》して返され、レティシアは蒼白になった。

「……や、ちが……ちがうのっ」

必死に腰を引こうとした瞬間、潤みきった花芯になにかがしごくように擦りつけられたかと思うと、ぐいっと押し入ってきた。

「ぁ……あぁ…っ…！」

濡れた花芯が、熱い肉棒をゆっくりと呑みこまされていく。

指での愛撫などくらべものにならなかった。逞しく硬い質感に、意識が遠のきそうになる。しかし花襞を擦る疼痛《とうつう》と淫靡な刺激は、それさえ許さない。

「レティシア……これでようやく…私のものだ」
ズ、ズッ…と肉茎を最奥に押し沈め、デュランは熱い吐息をついた。
怜悧《れいり》なまなざしが一瞬、ふっとゆるんだように見えて、そっと額にくちづけされれば、また幼い日の記憶がよみがえってきて、若草色の瞳にぶわりと涙があふれてしまう。

——ああ……こんなかたちの再会でさえ、私、この人が……。

過去を忘れたような言葉ばかりを告げられ、淫らに身体をひらかされている。人を弄ぶ意地悪なふるまいを恨めしく思うかたわら、それでもレティシアはデュランを心底憎むことはできないのだった。

それよりも、まず彼が生きていたことへの深い歓び、そしてまた出会えた嬉しさのほうがずっと勝って、胸を高鳴らせてしまっている。

気づいてしまったいま、もう自分に嘘はつけない。いまさら浅ましいことだと自覚していたが、それでもデュランに抱かれ、彼とひとつになれるのは今夜だけかもしれないのだ。いまはただ、この奇跡にも似た僥倖を運命に感謝したくて――。

そんなレティシアの涙を痛みのせいだと思ったのだろう。顔をあげたデュランは、さっきのまなざしが嘘のように、そっけなく言い放つ。

「もう泣くな。すぐに悦くなる……天国にいかせると言っただろう」

そうして探るように抽送をはじめながらレティシアの乳房を揉み寄せ、先端に舌をからめてくる。

「…あぅ……ふ…、あぁ……っ」

忘れかけていた胸への刺激をねっとりと再開され、レティシアの背がぴんと張りつめた。するとと硬い肉茎に占領された花襞がずくんと疼き、えもいわれぬ深い陶酔感におそわれる。

――あ……どう…して……!?

ぞくぞくするほどの愉悦に、思わず肌が粟立つ。

さっきは強すぎて怖いほどだった胸への刺激が、いまは花筒の疼痛を和らげてくれている。それどころか、ふたたび尖りはじめた乳首を甘く吸いあげられ、カリッと甘噛みされ

ると、たちまち襞がきゅ、きゅっと収斂《しゅうれん》し、熱い雄の感触をより生々しく感じてしまう。

それがたまらなく気持ちのいいことで、あの狂おしい腰の奥の疼きを鎮めてくれる方法なのだと、ようやく気づきかけていた。

「いやらしい蜜が、ほら、またあふれてきた……きみのここはとても歓んでいるようだな。熱くて、きつくて、こちらのほうが溶かされそうだ」

「んん……しら…な……ぁあ…っ……」

自分にすらわからない恥ずかしい部分を卑猥な言葉で揶揄されて、レティシアは真っ赤に頬を染める。けれどしだいに強く腰を打ちつけてくるデュランを、もう拒むことができなくなっていた。

――……熱い……デュランさま…あつい……の……。

張りだした肉棒のくびれに充血しきった襞をぐいぐいと穿たれるたび、理性に霞《かすみ》がかかり、淫らな欲求がこみあげてしまいそうになる。

もっと激しく擦ってほしい。もっと突き上げて、もっと……。

「感じてきたんだろう。もどかしそうに内壁《なか》がうねっている……私まで歯止めがきかなくなりそうだ」

「ああ、あぁ…あふ……」

一体となった歓び、たまらない充溢感《じゅういつかん》にヒクつく花筒は、ぐちゅぐちゅと音をたてながら抽送をなめらかにしていた。

いつしか疼痛も薄れ、ただ彼の熱い肉の楔《くさび》を深々と受けいれ、揺さぶられている。とろけそうな愉悦に腰を浮かせ、甘い喘ぎをこぼしながら――。

「……んっ…ぁあ…はぁ…っ……」

やがてデュランの唇にしごかれる乳首がきゅうっとしこり、下肢を妖しい高揚感がつつむ。爪先にピンと力がはいり、かあっと全身の血が熱くなった。

「っ……、そんなに淫らに締めつけて……悪い子だ」

「…だっ…て…わ、わたし……っ、も…ぅ……」

息を乱し、苦笑するデュランに、せりあがる快楽にうちふるえるレティシアはたまらずすがりついてしまう。

「答えるんだ、レティシア。私に、どうしてほしいんだ?」

「ふぁっ……わか、ら…ない……でも……あぁぁ、あっ」

焦らすように穿つ肉棒をグリグリと押しまわされて、レティシアは大きく背をそらす。

――好き……、やっぱりあなたが好き。だから……。

とじた瞳の奥で快楽の火花が散る。高熱にうかされたように、身体がふるえた。

「して……最後まで……連れていって。天国に……」

「きみがすべてを私に捧げきると、そう約束するのなら」

心なら、とうに捧げきっている。八年前のあの日から。

いまのデュランが求めているのは、この身体だけだとわかっていても、かまわなかった。

「……ささげ…ます……すべて…あなたに……」

とめどなくあふれる淫蜜をねっとりかき混ぜるように、深々と花芯を突きながらも、なお怜悧な彼のまなざし。そのブルーの瞳を見つめ、レティシアは誓いの言葉を口にする。

するとと満足げに微笑んだデュランは彼女の太腿を大胆に押しあげた。

「あっ……いや、デュランさまっ……」

「いきたいんだろう、天国に」

あられもない姿態にいやいやと髪をふり乱すレティシアだが、デュランの指先に雌雄のかさなったところを愛撫され、ああ……、と白い喉をそらした。

さらにギシギシと寝台がきしむほど抽送をはやめられれば、花襞が熱い肉茎をよりきつく締めつける。

「私がほしいか……?」

溜め息をつくように、デュランが囁く。たまらないほどの快楽にうちふるえ、揺さぶられながら、レティシアはがくがくと夢中でうなずいていた。

「……そんなに乱れて…、きみは…ほんとうにいけない子だな……っ」

息をあげる彼の瞳もまた、匂い立つような男の情欲を色濃くにじませていた。

凜々しい口元をレティシアの乳房に埋めながら、下肢の熟れ尖った紅玉を指先でぬるりと擦りあげる。

「ん…ぅ……！　ふあぁ、あ……ぁあっ！」

瞬間、とろけてしまいそうに甘い快感が、レティシアの全身を一気に駆けめぐった。

波のように押しよせる絶頂感。目のまえが真っ白になる。

同時に、腰の最奥に熱いものが注ぎこまれていくのがわかった。

「レティシア……、これできみはもう…私のものだ」

「……あ、ふっ……んぁ……」

その刺激にさえ、ひく、ひくんっと腰を揺らしてしゃくりあげながら、放心したレティシアは愉悦の海にただよう。

淡いピンク色に染まりきった裸身を、真摯な瞳が熱っぽく見つめていることにも気づかずに――。

「…デュラン…さ……」

すこしでも長く彼の温もりを感じていたいのに、しだいに意識が遠のいていく。

ベルベットの上掛けのうえに、力尽きたレティシアの白い腕が、ぱたりと落ちた。

汗に濡れた華奢な手のひらのなかに、無意識に握りしめられた深紅のバラの花びらが、しっとりと佇んでいた。

第三章　◇甘美なる契約と秘密のレッスン

翌日の夕刻、レティシアはマダム・ジェシカの私室に呼びだされた。

――なにか、デュランさまのご機嫌を損ねてしまったのかしら……。

彼は店にとって大事な賓客《ひんきやく》である。もしも昨夜のことで不手際があれば、とがめられるのは当然だと不安にかられた。

昼過ぎに起きてきたミレーナに、シュミーズドレスを台無しにしてしまった、と告げると、「よくあることなんだから気にすることないわよ」と陽気に笑いとばされてしまった。

レティシアの「初夜」をずいぶん心配してくれていた彼女だが、無事にことを終えることができたと報告すると、ひどく安心し、さすがあたしの妹分だわ――と、我がことのように喜んでくれたのだった。

「ね、お母さんの見立てなら大丈夫って、あたしの言ったとおりだったでしょ？　身体はつらくない？　痛みはすぐひくけど、今日は温かくして、のんびりしたらいいわ」

上客の名をもらすのは厳禁だったので、相手が誰か教えることはできない。けれどひとまずほっとしたミレーナの笑顔に、よかった…、とレティシアは胸を撫でおろす。

正直、相談したいことは山のようにあったけれど、なにかと世話になっている彼女にこれ以上、寄りかかるのは申しわけなかった。

そのミレーナは、いまは舞台の稽古《けいこ》中だ。彼女の部屋から、レティシアはひとりマダムの部屋に向かった。

「ん……」

階段を上るたびに、まだ下肢がツキンと淡く疼《うず》く。

そのたびに昨夜のことが脳裏に浮かび、鼓動がはやまってしまう。

いったいどういう運命の悪戯《いたずら》なのか、二度と会えないと思っていた初恋の人と、あんなかたちで再会するだなんて信じられなかった。

——それに身分の高い人だとは思っていたけれど、まさかオルストランド公国の子爵さまだったなんて……。だとしたら八年前、家名も名乗らずにリュシオール城にいたのは、どうしてなのかしら。

クラヴィス王国とオルストランド公国は古くからの遠戚関係にある。宮廷事情にうといレティシアに詳しいことはわからないが、もしかしたら父親が外交特使かなにかで、極秘に滞在していたのかもしれない。当時は革命がいつ起きるかと政情も不安定だったから、安全を考えての急な帰国だったのなら納得がいく。

しかしオルストランド公国に帰国し、八年という歳月が流れたあいだに、デュランはひどく変わってしまっていた。

いま思うと、みずからを「その男は死んだんだろう」と告げた謎めいた言葉は、レティシアの思い出のなかの彼自身を否定したものではないかと思える。

それにレティシアのことは覚えていたものの、胸の傷を見てもなにも言わなかった。

「戻ってきたらかならず会いに行く」という誓いも、バラの花だという喩《たと》えも、とうに忘れ去られていたのだ。

——あたりまえだわ。彼は子爵さまなのよ。八年前の、しかも片田舎の子供との約束なんて、覚えているほうがおかしいもの……。

それでも心のどこかで、傷痕《きずあと》を見れば思いだしてくれるのではと、むなしい期待を寄せていた。けれど彼にとってレティシアは、たまたま娼館で出会っただけの、顔見知りの娘でしかなかったのだ。

婚約したことを責めるようなそぶりも、たまたまマイヤーからかばってくれたとき耳にしたことを、ただ意地悪く煽っていたにすぎない。

またこうしたことに慣れているのか、女性の身体のあつかいからして、ずいぶん経験豊富なようだった。

それでいて女は信用できないといった、どこか頑《かたく》なな態度にも引っかかりをおぼえ、いったいなにがあったのだろうと気になってしまう。

——きみだけはちがうと思っていた……って、いったいどういう意味……？

考えているうちに気持ちは重くなり、もやもやと落ちつかなくなったが、どうすることもできない。それどころか、気をゆるめればすぐに彼の腕に抱かれた記憶がありありとよみがえって、胸が苦しくなる。

はじめは怯え、とまどい、けれどやがては甘い快楽の奔流《ほんりゅう》に押し流された。

もし相手がデュランでなかったら、あれほど無防備に乱れることなど、けしてなかったはずなのに。

——からだ……あんなふうになってしまうなんて。あれが天国に、いくということ？

あられもなく昇りつめたことを思い、レティシアは頬を染める。だとしたら、彼はなんと淫らで冒瀆的《ぼうとく》なことをこの身体に教えたのだろう。

レティシアにとってデュランはもう守護天使ではなかった。甘くふしだらな誘惑を囁く、危険な堕天使だ。

それでももう彼を憎むことなどできない。すべてを捧げると誓ってしまった。

だが——。

もし彼が二度とここを訪れなかったら。〝初もの〟を奪ったことで満足し、もうレティシアに飽きてしまっていたら。

そんな不安が頭をかすめ、胸がよじれるようなやるせなさに襲われる。

そのうえ新しい客を相手にしなければならない現実を思えば、胃のあたりがきゅっとすくみあがってしまう。

ミレーナを手本にして逞しく生きよう、と自分を懸命に叱咤《しった》する反面、生きていたデュランへの想いが熱病のようにレティシアを懊悩《おうのう》させていた。

「贅沢《ぜいたく》を言っちゃだめ。あの人に会えただけで、幸せだったのよ」

言い聞かせるようにそう声にだし、しゃんと背を伸ばしてバラ色の唇を引き結ぶ。

悩んでいる暇などない。もっと気持ちを強く持って、しっかりしなければ。だいたい、これまでの自分が世間知らずすぎたのだ。

はじめてを捧げることができたのだ――初恋の人に。

せめてその幸運を感謝して生きていこう、そう思った。

マダムの部屋に着き、扉に下がる金のノッカーを鳴らす。

「失礼します、マダ……いえ、お、お母さん」

「ああ、あんたにお母さんなんて呼ばれる筋合いはないよ。いままでどおり呼んどくれ」

そんなレティシアに向かって、銀髪に黒いドレスをまとった老女は、虫でも払いのけるように手をふった。

「私、なにか子爵さまに失礼なことをしてしまったでしょうか」

気がかりだったことを、さっそくこわごわ尋ねると、マダムは長煙管《ながぎせる》をくゆらせながら、なかば呆れたようにこう言った。

「そうじゃないんだ。むしろその逆さね――ブランセルの若さまが、あんたの身柄を買い取ると言ってきたんだよ」

「か、買い……？」

いきなりの話についていけず、若草色の瞳をまたたく。

「おとといの夜、あんたをこの店で雇ってやると言っちまったが、その話はご破算《はさん》だ。いまのあんたの雇い主……あるじは、あたしじゃない。ブランセルの若さまさ」

「そ、そんなこと、勝手におきめになられても困ります……！」

今度こそレティシアは、その場に立ちつくしてしまう。

デュランとまた会える――それを嬉しくないといえば、もちろん嘘になる。

けれどそのことと、彼に買い取られるなどというのは、話がべつだ。

〝ブーケ・ルージュ〟で働くことをきめたのは、レティシア自身である。しかしそのときはもちろん娼館であることも知らず、当然、自分の身柄が店のものになることすらわかっていなかった。こうもやすやすと他人に譲られるなど、思ってもみなかったのだ。

「けど、もうお代をいただいちまったからねえ。あの若さま、放蕩者《ほうとうもの》のくせに金払いだけは気前がいい。ほら、これがあんたの取り分だ」

マダムは分厚い封筒を、ぽんとレティシアの目のまえに投げだす。ひとめで息をのむほどの額だとわかってぎょっとした。

「こんなにいただけません。それにまだ、私は承諾したわけでは……」

「甘ったるいことをいうんじゃないよ。それだけ稼ぐのに、何人の男と寝なけりゃならないと思ってるんだ」

厳しい声でぴしりと言い放たれ、はっとしたレティシアはまたしても恥じいった。

行き場もなく逃げ込み、匿《かくま》ってもらっている自分に、なにを偉そうなことが言えるというのだろう。ただ子供じみたわがままを言っているにすぎないではないか。

〝きみがすべてを私に捧げきると、そう約束するのなら〟――。

昨晩、デュランと交わした言葉を思いだす。

レティシアはすべてを捧げると誓い、そう、彼もたしかにレティシアを自分のものだと言ったような気がする。

けれどまさか、それが本気だとは思っていなかった。誰が本気だと信じるだろう。

あくまで深紅の間で行われた情事のひととき、ただの戯言《ざれごと》にきまっていると思っていたのに。

──やっぱりわからない……デュランさまがなにを考えているのか……。

それでも彼に逢いたいという想いが心の奥底を熱くふるわせて、レティシアはどうしてもそれを抑えきれなかった。

たとえ囲われ者という浅ましい立場になろうとも、初恋の人のそばにいられる時間が持てるなら──。

「当分のあいだ、あんたの部屋は深紅の間だ。若さまから、そこに住まわせて面倒を見るようにとも言いつかってるからね。まったく、たいしたわがままさね──ま、そういうわけだから、いわばあんたもこの店の客ってことになるね。外出は自由だが、あのマイヤーには気をつけるんだよ」

鋭い水色の瞳からはなにも読みとることができず、レティシアは小さくうなずくことしかできない。そんな彼女の手に、マダムが封筒を押しつけた。

「まぎれもなくあんたが稼いだ金なんだ、黙って受けとっておきな。それに店主としちゃ、空から金が降ってきたような僥倖《ぎょうこう》だからね。なんせ転がりこんできた娘が、たった一晩でとんでもない稼ぎを生みだしてくれたんだ」

だとしたら、せめて匿ってくれた恩をいくらかは返せただろうか。

先の見えないとまどいを感じながらも、レティシアはマダムに深々と頭を下げた。

それが、予想もしなかった日々のはじまりだとは、夢にも思わずに──。

「やあ、これはなんとも懐かしい」

室内に足を踏みいれたとたん、カカオに混ざる柑橘《かんきつ》の爽やかな香りに気づいた黒髪の男が、精悍な顔をほころばせた。

鍛えられた長身に乗馬ブーツ。モスグリーンのベストとズボンが、濃い茶がかったヘイゼルの瞳とよく似合う。一見、軍人かとも思える容姿だが、ものごしは品格ある貴族の所作だった。

◇◆◇

王家所領の広大な森に囲まれたクラヴィス王宮——ここはその周囲に点在する、上流貴族たちの邸宅のひとつだ。

都の中心部に位置しながら、閑静《かんせい》で緑にあふれている。つらなる細いアーチ窓からよく手入れされた庭園が見え、バラ園には露を含んだ色とりどりの品種が咲きほこっていた。

「いつもはラムやブランデー入りの珈琲《コーヒー》か紅茶を嗜《たしな》まれるはずのあなたが、温かいショコラとはおめずらしい。急に童心にでも返られたんですか」

「よけいなお世話だ。それに人をまるで酒びたりのように言うのはやめろ、シモン」

軽口を叩く幼馴染みの顔を、デュランはちらりと睨んだ。いつもそばにいる年長の学友は、いまや腹心の存在になっている。

「や、失礼。馬車ならば、ご用意できております」

すでに外出支度を終えたデュランの装いは、帽子と手袋を残すのみである。

シモンほどではないが、彼もじゅうぶんに上背《うわぜい》がある。

すらりと均整のとれた身体にまとったシンプルなフロックコートは、かえってダークブロンドの髪やブルーの瞳を優雅に引きたてた。ほかの紳士たちのように、派手なスカーフや金鎖、懐中時計などでことさら飾る必要もない。

「今夜の金羊座《きんようざ》の演目は『春雪』だとか。歌姫フィオナの美声がたっぷり堪能できるとは、うらやましいかぎりです」

「詳しいな。ならば、おまえも席をとればよかったのだ」

ドーム型の高天井まで精緻なレリーフに埋められた大理石の豪奢《ごうしゃ》な廊下を、白絹の手袋を嵌めながら、コツコツと足早に歩く。

廊下には、最近流行している東洋の色鮮やかな花瓶や大皿が並んでいる。壁にずらりと肖像画が飾られているが、これはシモンの父祖一族のものだ。

オルストランド公国から帰国したあと、デュランはこのドミュール伯爵家の一角にある、シモンの私邸に滞在していたのだった。

「ええ、行きたいのはやまやまだったのですが。あいにくと、同行するようなご婦人が捕まりませんで」

「ならば、おまえのほうこそ、めずらしいことがあったものだ。そういえば最近、あまり浮いた話も聞かないが、なにかあったのか？」

「それはその……ああ、そうだ。お忘れものなど、ありませんか」

秀麗な美貌を崩してにやりと突っこむデュランに、シモンはわざとらしく話題をそらす。

黙っていれば一見、真面目で禁欲的に見えるのだが、実はたびたび令嬢、ご婦人がたと浮名を流している男なのである。

けれどもこうして、ごくふつうに色事めいた冗談を交わせるようになったことが、どれほどシモンを安堵させているか、デュランは内心、気づいている。

オルストランドから戻ったあと、一時は女性の顔など見たくもない、と本気で思っていた時期もあったのだ。

そう思いかけ、しかしすぐに異国での忌《い》まわしい記憶をふり払おうと髪をかき上げる。

〝ブーケ・ルージュ〟のような派手な社交場に顔を出すようになったのも、塞ぎがちな自分をシモンが外出させようと奮闘したおかげなのだ。そしてそれがきっかけで、あの奇跡のような再会が訪れた。

「お気をつけて。行ってらっしゃいませ」

シモン以下、屋敷の者たちに見送られながら箱馬車に乗ったデュランは、今宵《こよい》の観劇のパートナーを迎えに一路、深紅の劇場に向かった。

――レティシア。

その名を心のなかでつぶやくたびに、身も心も熱くざわつく。

あの夜、突然あらわれた仮面の令嬢。その胸元に、逆さまになったバラの形の傷痕を見つけたとき、どれほど驚いたことだろう。

オルストランドで偶然目にしたモード誌のおかげで、レティシアがまばゆいほど美しく成長していることは知っていた。そしてそんな彼女を、自分がもはや妹のようには思えなくなっていたことにも。

おりしもレティシアの近況を調べかけていたやさきだった。しかし目のまえであの下卑《げび》た資産家から婚約者だと告げられた瞬間、理性は消し飛び、激しい嫉妬と執着につき動かされていた。

彼女はちがう。あの女たちとは、ちがうのだ。

気づけばすぐにマダムのところへシモンを差し向け、レティシアを我がものにする手はずをととのえ――そして、抱いた。

だが胸の傷の誓いのことにはいっさい、触れられなかった。

幼い子供だったころの約束など、おぼえていなくて当然なのだ。ましてや婚約まで済ませ、新しい人生をはじめようとしていた彼女である。

そうとわかっていてさえ、レティシアの口から直接そんなことを聞きたくなかった。彼女にとって、自分はとうに死んだ過去の人間なのだと、思い知らされたくはなかった。

やがて馬車は森を抜け、河を渡って石畳の敷かれた王都の目抜き通りへと入った。

街燈に灯がともりはじめたレリスの劇場街をいったん通りすぎれば、並木道の奥に、深紅のバラが豪華に飾られた大理石の入り口が見えてくる。すでに何台か箱馬車が停まり、紳士淑女が入っていくのが見えた。

正面ではなくやや奥まったところに馬車を停めるよう御者に申しつけると、ほどなく店の用心棒が窓をノックする。御者が扉をひらくと、目のまえに美しく髪を結《ゆ》い、着飾ったレティシアが立っていた。

マダム・ジェシカに頼んでまちがいはなかった、とデュランは深い満足をおぼえる。清楚な彼女にぴったりの、青みがかったグリーンのドレス。色味が淡いぶん、たっぷりしたプリーツ、レースやベルベットのリボンをふんだんに使い、絹サテンの光沢で華やかさを出している。そのうえから、やわらかそうな毛織りのコートを羽織っていた。

髪にも同系色のリボンと、淡いピンクのクレマチスの花が挿《さ》してある。どこから見ても上流貴族の令嬢にふさわしいいでたちだった。

「……お、お招き、ありがとうございます」

けれどひどく緊張しているようすのレティシアは、硬い口調で挨拶をする。

「はやく乗るといい。開幕に遅れてはことだ」

その華奢《きやしや》な身体をこの場で抱きすくめたい衝動を抑え、デュランは彼女の手をとり、隣席にいざなった。

やわらかな温もりを手放したくなくて、一瞬、ぎゅっと強く握りしめれば、はっと顔をこわばらせる。覚悟はしていたが、やはり勝手に買われたことを怒っているのだろう。解放すると、あからさまに安堵の表情を浮かべた。

ふたたび馬車が動きだし、歌劇場へと向かう。

「歌劇ははじめてか？」

「……はい」

「では愉しむといい。高名な歌姫が出演するらしいからな」

「はい」

会話すらしたくないのか、レティシアはスッと顔をそむけると、窓の外を見たまま黙ってしまう。

それでもどこか困ったような横顔は、少女のころのおませなそぶりを思いださせる。思わずくちづけしたくなるほど愛らしいが、若草色の瞳は硬いままだ。

無理もない。いきなり客としてあらわれ、貞操を奪ったのだ。

手荒にあつかったつもりはなかったが、ようやく再会した彼女を抱きしめ、肌をあわせられる感慨に理性を保つことは容易ではなく、確証は持てない。

彼女が破瓜《はか》の血とともに流した涙。あれは痛みのせいだったのか、それとも自分に対する激しい拒絶感のあらわれだったのか——いや、その両方かもしれない。

けれど、デュランはどうあっても、レティシアをあの蛇のような目をした男に、いやどの男であろうと、指一本たりとも触れさせる気はなかった。

——きみは、私だけのものだ。

独占欲に焦がされた心が、甘い思慕《しぼ》とからみあった狂おしい情欲に染められていく。

〝捧げます。すべてをあなたに……〟

銀鈴《ぎんりん》のように可憐な声を、またあの夜のように妖艶な甘さで満たし、ふるわせたくてたまらなかった。瞳を潤ませ我を忘れ、せつなげに自分を求めてきた姿が忘れられない。

つなぎとめる手段が快楽しかないというなら、それでもいい。いくらでもたっぷりと焦らし、乱れさせ、そして昇りつめる歓びを何度でも味わわせたかった。

そんな自分をまともではない、と思いながらも、デュランはレティシアへの執着を抑えることはできそうになかった。

オルストランド公国での出来事をいくら呪っても、歳月はもう戻ってこない。自分は変わってしまったのだ。

残されたのは、この星くずを編んだような髪をした美しい娘だけだけなのだと、デュランは彼女を見つめながら思った。

◇◆◇

大理石の円柱が林立する神殿のような佇《たたず》まい、神話を模した大きな金の羊像が二対。国で一、二の座をあらそう劇場、金羊座の名の由来だ。こと劇場にかけて、「この国で」という評価はつまり、「大陸中のなかで」とおなじ意味だった。

馬車を降りたレティシアは、デュランにエスコートされて入り口をくぐる。

すぐに身なりのいい給仕がやってきて、バルコニー席専用の通路へと案内された。とくに身分が高かったり、お忍びで利用する客が、ほかの人々から詮索をうけないように工夫されているのだった。

「コートをお預かりいたします」

そう言われ、毛織りの上着を脱いで渡す。胸元にはいつものようにレースのショールを巻いており、給仕はおや、という顔をしたが、さすがに一流劇場の人間だけあって、すぐに一礼して立ち去る。

「……不調法《ぶちょうほう》ないでたちで、申しわけありません」

「ああ、いたしかたないことだ。行くぞ」

瞳を伏せるレティシアにデュランは短く答えただけで、そっけなく歩きだす。やはり誓いのこともなにもかも、思いだしてはいなかった。

肩を落としたレティシアはそのあとにつづき、鮮やかな花模様の刺繍《ししゅう》がほどこされた絨《じゅう》毯《たん》のうえを歩きながら、そっと深呼吸をする。

――落ちついて。これ以上、デュランさまに失礼な真似をしちゃだめ。

話したいこと、聞きたいことはあれこれあるはずなのに、馬車で迎えにきたデュランを目にしたとたん、彼に見惚れてしまった。そのうえ手を握られ、頭にかあっと血がのぼってしまい、ほとんど喋ることができなかったのだ。

そもそも、どんな口のききかたをすればいいのだろう。やはり囲われた者らしく、しおらしい態度でいるべきなのだろうか。

頭のなかだけがぐるぐる空まわりするなか、移動中も、宝石のようなブルーの瞳にじっと見つめられれば恥ずかしくて、窓の外を眺めるふりしかできなかった。いまでさえ、トクトクと鼓動がまだはやいままだ。

――だってまさか、歌劇場に招待されるなんて……。

ときには貴族でさえ、手に入れることが難しいとされる劇場の座席である。しかもバルコニー席ならば当然さらに数は絞られ、年間通して買いつけられていると聞いていた。

それじたいは、オルストランド大公の血縁という彼の地位を考えれば問題ない。

しかし、囲い者の娘をわざわざ誘う理由がわからなかった。彼になら、ふさわしい身分の令嬢たちが星の数ほどいるはず。もちろん招待されて嬉しくないわけはなかったが、とまどいをおぼえるのも事実だ。

憐れまれているのかもしれない、とレティシアは胸の内で溜め息をつく。片田舎で生まれ育った没落貴族の娘への慰みに、せめて王都のきらびやかな世界をかいま見せてくれたのかもしれなかった。

――でもほんとうに、すごい……。

外観すらゆっくり眺めたことのない荘厳《そうごん》な劇場。身分を問わず誰もが憧れるこの場所を、自分がこうして歩いているのが夢のようだった。しかも隣にはデュランがいる。

「きゃっ」

芸術的な装飾に見惚れていたせいで、ドレスの裾を踏んで小さくつまずいてしまう。するとデュランがすっと自然なしぐさで腕をとり、自分の腕へとからませた。

「ぼうっとするな。派手に転んだりしたら、笑いものだぞ」

「は、はい……」

本当にそのとおりだ。自分のことはともかく、同伴のデュランに恥をかかせるわけにははいかない。

腕を組んでいることに内心どぎまぎし、うなじまで真っ赤に染めながらも、気をしっかり持って背筋を伸ばす。

「それでいい。どこから見ても立派な貴婦人だ」

耳元で褒めるように囁かれれば、動揺してまた足元がふらつきそうになる。気持ちをひたすらなだめつつ、歩くことに集中するしかなかった。

「はあ……っ」

ようやく個室のバルコニー席につくと、金の房飾りで装飾されたベルベットの椅子に座りこみ、大きく息をついてしまう。

そんなレティシアのようすを眺め、デュランがくすりと笑った。

「幕が開くまえからそんな調子では、思いやられるな」

「だってドレスも靴も新品なんですもの。コルセットだって、思いっきり締められて。骨が折れるかと――」

彼の笑顔に気がゆるんだせいか、つい昔ながらの口調で答えてしまい、はっとした。

「も、申しわけありません！　私、なんて無礼な口を」

「無理するな。あまりかしこまられては、こちらも疲れてしまう」

「でも、あなたは子爵さまで、それも大公家の……」

「いつもどおりでいい、と私が言っているんだ。きみがそんなにかしこまっていると、逆になにかしでかしそうで、おちおちくつろげない」

「う……、わかりました」

さっきつまずいた件もあり、そのうえ、あいかわらず容赦のない口調でそこまで命じられては、返す言葉もなかった。

——でも、そのほうが話しやすいのはたしかだわ。それにもしかしたら、デュランさまも昔みたいにいろいろなことを思いだしたり、話したりしてくれるかもしれない……。

そう考えるとほんのり胸に小さな希望の灯《ひ》がともり、元気が出てくる。

「それより、すこしはまわりを見たらどうだ」

デュランのまなざしにうながされ、レティシアはようやく劇場全体の眺めに気がついた。

金の幕が降りている舞台はもちろん、ぎっしりと人が埋まった座席すべてが見わたせる。張りだしたバルコニー席の手すりには、ここも神殿風の装飾がほどこされ、かたわらに置かれた猫脚《ねこあし》の小卓には、シャンパンと新鮮そうな苺《いちご》が用意されている。

ことさらレティシアの胸をうったのは、神話の世界が象嵌《ぞうがん》された舞台まわりの細やかな細工だ。一流の職人たちの手によって造られた、歴史ある芸術の粋が燦然《さんぜん》と輝いている。

まさしく選ばれた一握りの人々しか望むことのできない光景だった。

「まあ……なんて見事な……」

しかしデュランの命令で、すぐ席にはぐるりとカーテンが引かれてしまう。これでは隙間から舞台を眺めなければならない。

「どうして隠してしまうのですか？」

「これで覗けばわかる。ほかの客たちに注目してみるといい」

首をかしげるレティシアに、デュランは持ち手のついたオペラグラスを手渡す。カーテンから身を乗りだし、一階席、それから二階席のおなじようなバルコニー席を見やると、どきりとした。

中年の夫妻と思われる男女が、はっきりこちらを見ている。紳士も夫人もあからさまな好奇の目をしていた。隣も、そのまた隣の席もおなじようなもので、年齢や性別には関係なく、ちらちらとこちらをうかがっている。

「な……なんですか!?　これじゃ、まるで私たちが見世物だわ」

無遠慮な視線に頬を染め、カーテンの陰に引っこんだレティシアは驚いてデュランを見やる。これでは落ちついて舞台鑑賞などできない。

「劇場もまた社交場のひとつ——というより、貴族にとっては恋愛や結婚、火遊びの相手を探すところだ。この席は知人の伯爵家の持ち物だが、我々が新顔なので、みな興味津々で品定めしたいんだろう」

そういえば修道院にいるとき、年上の令嬢からそんな話を耳にしたことがあった。「ここを出たら私、社交界にデビューするの。舞踏会や劇場ですてきな殿方と出会って婚約するのが夢なのよ」と、嬉しそうに話していた。

「でも、親子連れはまだわかるとしても、男女連れ添ってきている人たちまで？」

「社交界とはそういうものだ。婚約者や伴侶《はんりよ》がいようがいまいが、つねに刺激を求めてやまない。そうした連中の集まりだからな」

デュランは嘲《あざけ》るように口元を歪める。ブルーの瞳をよぎる冷笑はどこか憎しみさえ潜んでいるようで、レティシアの胸まで底冷えさせた。

——あ……だから私のことも……。

深紅の間でマイヤーとのことを責められたのを思いだし、胸がズキンと痛んだ。理由はどうあれ、婚約者がいながらほかの人間に抱かれるだなんて、やはり軽蔑されても当然だったのだ。

やがてオーケストラの前奏が大きくなり、客席から割れるような拍手がわき起こった。

金色の幕が左右にひらき、歌劇がはじまる。物語が進み、赤いドレスを着た歌姫の独唱場面になるとレティシアは瞼《まぶた》をとじた。

豊穣《ほうじよう》な歌声に身をまかせていると、ふっと頬を撫でられたような気がして薄目をあけた。

と、すぐ目のまえにデュランの秀麗な美貌があり、心臓がとまりそうになる。隣席から抱き寄せられ、声がもれるまえに唇を塞がれていた。

「……くふ……っ」

冷たく芳醇《ほうじゅん》な液体が口内に流れこみ、驚きながらコクリと飲みほす。シャンパンを口移しにされたと気づいて、頬がかあっと熱くなった。

「な、なにをなさるの」

レティシアは声をころし、とがめるように細い眉をつりあげた。

ここは歴史ある大劇場だ。いくらカーテンがあるとはいえ扉の外には給仕が待機しているし、近隣席の目もある。けれどデュランはおかまいなしだ。

「きみの喉を潤してあげただけだ。それと言い忘れていたが、ここは男女が逢瀬《おうせ》を愉しむ場でもあってね。こんなふうに……刺激的だと思わないか」

そう囁きかけながら、シャンパンに濡れた唇で耳朶《じだ》や首筋にキスしてくる。

「だめよ……いまは歌に集中しましょう」

ふしだらな誘惑に乱される鼓動を聞かれないよう祈りながら、レティシアは平静を装って囁きかえす。

「つれないな。ではこれだけ、ならばいいだろう?」

手袋につつまれた華奢な手を握り、自分のほうに引きよせただけで、意外にもデュランはあっさり椅子に深く腰かけなおす。だがほっとしたのもつかのま、手袋を外されてどきっとした。

「ああ、どうぞきみは舞台に集中してくれたまえ」

秀麗な美貌を優雅に微笑ませながら、デュランは白い肌を淫靡《いんび》な手つきで撫でさする。

――もう、なんて人なの。

頬を赤らめて唇を引き結んだレティシアは彼を無視し、舞台を見つめる。

けれどそんな態度とはうらはらに、握られた手をどうしても意識してしまう。深紅の間で素肌をまさぐられた記憶がよみがえってしまいそうだった。

「おや、顔が赤いな。さっきのシャンパンていどで、もうまわったのか」

「知りません。声を、かけないで」

つんと顔をそむけ、舞台上でくり広げられるドラマに見入るふりをしていると――

突然、指先が温かい感触につつまれ、びくんと身体が揺れた。

「……ン……っ……！」

キスされた、と思う間もなく、あろうことか人差し指と中指を唇に含まれ、やわりと吸いあげられる。痛いほど彼の視線を感じながら、あやうく声をあげてしまいそうになるのを必死にこらえた。

――無視された腹いせのつもり？　子爵さまだっていうのに、大人げ……ないわ。

反応したらますます彼を歓ばせるだけ、とレティシアもつい妙な意地を張ってしまう。

けれども細い指を舌先でねっとり擦りあげられ、やわらかくちゅっと吸われるたび、ぞくぞくする刺激が伝わってくる。指だけなのに、なぜ——頬がすっかり火照《ほて》って、恥ずかしくてたまらない。

——だめ……このまま最後まで我慢するなんて、無理……。

触れられてもいない敏感な場所までがほんのり疼きはじめ、レティシアはしだいに追いつめられていく。必死に舞台を見つめる横顔が苦しげになり、瞳を何度も瞬《またた》かせた。

しかし、指と指のあいだの股をぴちゃぴちゃと淫らに舐められ、とうとう小さな喘ぎをもらしてしまう。

「っぁ……ん……あぁ…」

ぶるりと身体をふるわせ、カラカラに渇いた喉がこくりと動く。手先を弄《いじ》られただけで喘いでしまう自分が情けなく、涙目になる。

そんなレティシアのようすに満足したのか、デュランはようやく彼女の手を解放した。

小卓の陶器皿に盛られた苺をつまむと、小さなバラ色の唇に近づける。

「さっきシャンパンを飲ませたのに。もう喉が渇いてしまったのか？」

誰のせいだと……、と思いながらも蠱惑的《こわくてき》なブルーの瞳に見つめられれば、魔法にかかったようになってしまう。みずみずしい果実の芳香に誘われ、レティシアはふるえる唇をひらき、彼の指からそれを齧《かじ》りとった。

たったそれだけの行為が、いまはひどく屈辱的で——そして同時に、なぜか身体の奥を

とろりと熱くしてしまう。

「やはり、きみといると飽きないな。こんなに焦れたのははじめてだ」

残った苺の半分を口にして、デュランはくっと肩を揺らす。

「きみには教えることがたくさんある……愉しみでならないよ」

そう囁く宝石のような瞳が、濡れたように妖しくきらめいていた。


「……ん……ふ、…ぁっ……」

ガラガラと箱馬車が石畳を駆ける音に混じり、レティシアの喘ぎがもれる。

デュランの言ったことはほんとうだった。彼は舞台の途中だというのにレティシアを歌劇場から連れだしてしまい、主を待っていた箱馬車に乗りこんだのだ。

御者になにかを告げるなり、レティシアを抱きかかえて自分の膝のうえに乗せ、貪《むさぼ》るように激しくくちづけてくる。

「まったく…、きみのせいで歌姫も霞《かす》んでしまった。意地っ張りな子にはお仕置きをしなくてはな」

「あ、あなたこそ、大人げない悪戯ばかりしてきて……ん、んぅ！」

ドレスのうえから胸の頂きを撫でられ、ぴくんと肩を揺らす。

指への刺激と濃厚なキスで高ぶりはじめた身体は、ささいな刺激にすらもう敏感になっていた。

「悪戯？　大人をあまり買いかぶるものじゃない。私はそれほどお人好しではないからな」

優美に微笑みながら、デュランが胸元に巻かれたストールを無造作にはだける。

けれどやはり傷を無視して、ドレスの胸リボンをしゅるしゅると解いてしまうと、その下にあらわれたコルセットも同様にゆるめていく。

そのおそろしく慣れた手際のよさに、レティシアは呆然としてしまうのだった。

「や、やめて……こんなところで……だめ」

せめて自分が囲われた深紅の間でなら、耐えられたかもしれない。しかし、いくら車窓にカーテンが引かれているとはいえ、街燈や店の灯り、行き交う馬車や雑踏の気配がしている街中を走っているのだ。

「さっきはきみだって焦れていたくせに。あんなにせつなげな声をあげておいて」

「ちがうわ……ただあなたが――きゃぁっ」

ゆるめられたコルセットをデュランが引き下げると、たわわな白い果実がふるりとあらわれてしまう。レティシアは真っ赤になって胸を隠そうとしたが、両手首をぎゅっと握られ、なにもできなかった。かえって肩をすぼめるような姿態《したい》に、乳房が強調されてしまう。

「や、ぁん……んんっ！」

すぐにダークブロンドの髪がおおいかぶさり、薄桃色の乳暈《にゅううん》ごと強く吸いあげる。

かあっと全身の血が燃えたつような錯覚をおぼえ、レティシアは喉をそらせ喘いだ。

ぬるりと左右の先端を交互に舌先でつつかれ、擦られて、甘い疼きがとめどなくこみあげてしまう。

指先だけでさえ感じさせられたほどの、官能的な舌技。ましてや乳首という敏感な箇所を、緩急《かんきゅう》つけて責めたてられれば、無事なわけがなかった。

処女を失ったことと関係があるのだろうか――怖くなるほどのあまりの気持ちよさに、身体がひくひくと跳ねる。

「……いやぁ…、いや…なの……そこっ……」

「いやなものか。ならばなぜ、こんなに色づいてそそり立っているんだ？」

頭をもたげ勃ちあがっていく乳頭を、見せつけられるようにグリグリと捏ねまわされる。

爪先まで痺れるような淫らな疼痛《とうつう》が身体の奥底をじゅんと濡らして、また体温があがる。

「ふぁっ……ほんと、なの……痛…ぃの……ぉ」

訴える気持ちはほんとうなのに、どうしてこんな、鼻にかかったようなはしたない喘ぎになってしまうのか。

「だったらきみは、痛いのも好きなのだな。よく覚えておこう」

「…意地悪、いわな…っ……はぁ……っ」

潤んだ若草色の瞳をデュランからそらし、レティシアは肩で息をする。馬車の振動が、やわらかに張った乳房や疼く腰をたえず揺さぶりつづけていた。そんなことにさえ感じはじめている自分が、たまらなく恥ずかしい。

それにしても、劇場街から〝ブーケ・ルージュ〟はさほど遠くない。そろそろ到着してもいいころのはずなのに――。

そんな考えも、すぐに火照った疼きに散らされてしまう。

「まなじりまで熟したように赤い。さっきの苺のようだ……興奮しているんだろう？」

「……だめ、も……、ずかしぃ、の……」

結った髪が乱れるのもかまわず、彼の膝に抱きかかえられながら、レティシアは細い声でいやいやと訴える。けれどそれはさらにデュランを煽っただけにすぎなかった。

ドレスの裾が捲りあげられ、あっというまに長い指がランジェリーの薄布を探りあてる。すでにしっとり湿った絹のうえから秘裂をなぞられ、あぁあと腰をよじる。

「こんなにさせておいて、嘘つきだな。もうきみの言葉は信用しないことにしようか」

「…やぁ…、も……許して」

「だめだ。私に従わなかった罰をうけてもらわなくては」

デュランは白絹の手袋を外すと、親指でバラ色の唇をなぞった。

「さっき私がしたことを、今度はきみにしてもらう」

「どうして、そんなこ……」

理由を尋ねようとしかけたレティシアは、はっと息をのむ。

そう、わかりきっていることだった――買ったものと買われたもの。ふたりは主従の契約を交わした関係なのだ。

命じるデュランにはレティシアに理由を説明する義務などない。すべてを捧げると誓った以上、彼の放埒《ほうらつ》な求めに従い、愉悦を紡がなくてはならないのだ。

「さあ。ちゃんとできたらご褒美だ」

瞳を伏せるレティシアを急かすように、デュランは下肢に伸ばしたもう片方の手を淫靡に蠢かせる。

〝ブーケ・ルージュ〟に着くのも、ほどなくのはず。それまでのあいだなのだからと、レティシアは苺の香りがほのかに残る指先を咥えた。

「……ん……っ」

恥ずかしくて瞳をとじると、男らしい骨や関節の感触がかえって生々しい。命じられるまま、おずおずと舌で撫でたり、吸いあげたりしてみる。

するとなぜか鼓動がはやまってきて、なにもされていないのに、身体が熱をおびてくる。

「そそられる顔だ。愛らしさにも免じて、ぎこちなさは許そうか」

デュランの声が満足そうな響きをおびて、下肢に伸びた指を動かす。

薄布ごしにヌブリと蜜口に突きたてられ、ぐちゅぐちゅと前後に揺すられ、かき混ぜられる。粟立つほどの濃密な刺激に、レティシアは喉を引きつらせた。

「んっ！　んぅ……」

「おっと、歯をたてないでくれ…そのまま、咥えているんだ」

唇と下肢の両方を、じゅぷじゅぷと同時に指で犯されている。ぞわりと花筒の奥を、強烈な疼きが突き上げた。

「…んんっ……ふ…ン………」

甘い息がもれ、じゅわりとあふれた蜜が太腿をつたう。数日前にデュランの雄を受けいれたやわ襞が、せつなく収斂《しゅうれん》していた。

――だめ……これ…感じすぎて……っ……。

頭の片隅が痺れるような快楽に、心までが溶けくずれそうになる。このままでは、やがてなにも考えられなくなってしまう。

そうレティシアが怯えたとき、がくんと軽い衝撃がある。馬車が停まったのだ。

しかし、ようやく〝ブーケ・ルージュ〟に戻ってきた、と安堵しかけたレティシアは、あたりの静けさにギクリとする。

街の明るさはどこにもなく、雑踏のざわめきもない。そういえばいつのまにか、蹄《ひづめ》の音が変わっていたようにも思う。石畳の路から、土の道へと。

聞こえるのは、サワサワと夜風に揺れる樹々の音だけだ。

「レリス郊外の森だ。深紅の間の居心地も悪くはないが、気分を変えるのも悪くない」

「で、でもどうし……ん、あぁ」

ようやく唇を解放されたレティシアが身体を起こそうとすると、ふたたび長い指が濡れそぼった媚肉をくちゅくちゅとまさぐった。馬車が停まったせいで、粘質で卑猥な音がはっきり聞こえてしまう。

「こんな……ところで…なにをなさる…おつもり……っ」

「言っただろう。きみには教えることがたくさんあると」

デュランはブルーの瞳を細め、愉しげに微笑む。ぐったりしたレティシアを膝からおろして座席に腰かけさせると、ぐしょぐしょになったランジェリーを脱がせてしまう。

そして――あろうことか彼女の両脚を肩にかけ、濡れた花唇に顔を近づけた。

「いやぁ……！」

羞恥にめまいさえおぼえ、レティシアは腰をせりあげたが、お尻をしっかりと摑まれてしまい逃れられない。

ぬるっ…、と熱い舌先が、秘裂を割った。

「んあっ……あ、あ……！」

とろけるような快感に、思わず気が遠くなりかけた。

腰が浮きあがりそうになるのを、必死にこらえる。

ちゅくちゅく、と仔猫がミルクを舐めるように、小刻みに、そして丹念にデュランは充血し膨らんだ媚肉に舌を這わせる。すると、まるでそれを歓ぶかのように、とめどなく愛蜜が滴ってしまう。

「こんなにあふれさせて……よほど嬉しいんだな」

淫らにふるえる身体に、また新たな快楽を刻まれてしまう。いったい、どこまでされてしまうのか——つぎつぎと開発されては熟れていく女の部分が怖くなる。

「……ランさ……、おねが……ぃっ……」

座席の背に身体を押しつけ、レティシアはドレスの裾を握りしめる。

両脚をはしたなく広げ、秘められたところを容赦なく舐めしゃぶられているなんて、信じられなかった。しかも相手は初恋の人なのだ。

——どうして……どうして、こんな……っ。

ふだんは見惚れるほどの品格と美貌をもつ、名家の子爵さまだというのに。

いったい彼のどこに、こんな獣じみた行為にふけるほどの激しい情欲が潜んでいるのかわからなかった。

「だめ……ぇ……そこ、だめなのぉ……あぁ、あ……ふ……」

けれどしだいに、レティシア自身もこの背徳的な行為に引きずり込まれていく。もはや喘ぎとは呼べぬ嬌声さえ抑えることはできず、拒絶の言葉もうわ言めいて、ただデュランの執拗《しつよう》な愛技に溺れていく。

ときおり、ぬめるように白い太腿を吸われ、淡い痛みとともに小花のような痕をつけられてしまう。その感触すら高ぶってしまい、花襞がせつなげにうねる。

「ああ、たまらないな……ここも声も、ずいぶん……いやらしくとろけてきたじゃないか」

熱い息があの部分に吹きかかって、たまらなく恥ずかしい。

「…ちが、う…のぉ……デュラン…さまが……あん、ぁ、あぁっ」

わざと音をたてて蜜を啜《すす》られたかと思えば、とうにはしたなく勃起していた肉の紅玉をちゅっと吸いあげられる。絶えまなくねっとりと責められ、狂おしい快楽がズキズキと脈をはやめていく。

「ふぁっ……いやぁ、そこ、吸っちゃいやっ……」

言葉とはうらはらに、愉悦のあまり、ぶわりと涙があふれた。

理性が霞がかり、堰《せき》が切れたように甘い声がとまらない。くなくなと勝手に腰が揺れ、ダークブロンドの髪の絹のような感触にゾクゾクと歓喜をおぼえた。

「すごいな……こんなにうねって……挿《い》れてほしいのか?」

そのうえそう煽られたとたん、彼に貫かれた記憶がよみがえる。すると、もうそのことが頭から離れない。

熱くて硬い肉の感触。花襞をズンズンと突き上げてきた逞しいもの――。

なのに意地悪なデュランは、わざと花芯の入り口を避け、紅玉だけを弄ってくる。

「ああん、も……ゆるしてぇ……いっちゃ……天国、またいっちゃうのっ……」

せりあがってくる高まりに、涙声でしゃくりあげたレティシアは、ベルベットの座席に爪をたてた。

するとデュランは彼女を屈服させた淫らな舌を硬く尖らせ、熱くとろけた蜜口にぐちゅりと差しいれる。

「ふぁ……いやぁ、あっ……あぁああっ……！」

その舌先をきゅうっと咥えこみながら、レティシアは強烈な快楽に昇りつめる。

ちゅく、ちゅく…っ、と透きとおった愛蜜が、身体の奥からいきおいよくほとばしってとめられない。しかし同時に、満たされないままの花筒はやるせなく疼き、逞しい雄肉をヒクヒクと求めている。

けれど、昇りつめたばかりのレティシアの花芯に、デュランはふたたび長い指を沈みこませた。達したばかりの敏感な壁を二本の指でヌチヌチと擦られれば、びくびくと腰が痙《けい》攣《れん》してしまう。

「やぁあ、もう……抜い、あぁ、あ……っ」

けれど飢えた花襞は、さらに大きく太いものをねだるように、デュランの指を咥えこみ、もっともっとと、せつなく締めつけているのだった。

「きみは自分の身体をよく知るべきだな……ほら……ここがこんなに興奮して、私の指にあたっている」

濡れた内壁の上側、むっちりと膨らみ、ざらついた部分をコリコリと刺激されると、花筒の最奥まで響くような濃密な快感がはしる。

「あぁ！　…はぁ……あっ……ふああぁ……んっ…」

ふたたび訪れた絶頂に、レティシアは白い乳房を揺らしながら背をそらす。

たてつづけに昇りつめ、潤みきり見ひかれた若草色の瞳が、やがてとろりと放心し焦点を失っていく。

「……今夜のレッスンは、これくらいにしておこうか」

そんなレティシアを、デュランは愛おしげに抱き寄せる。広い肩に、息を弾ませた彼女の頭をくたりともたせかけ、耳元に甘いキスをくりかえした。

「きみはとてもいい生徒だ。及第点《きゆうだいてん》をあげよう……私だけの特別な……」

細められたブルーの瞳が、ふっとせつなげな光を宿す。

けれど甘い忘我《ぼうが》の境にただようレティシアは、それを知るよしもなかった。

第四章　◇仮面舞踏会の艶夜

その日の〝ブーケ・ルージュ〟は、いつになく華やいだ雰囲気でにぎわっていた。

仕立屋がやってきて、踊り子のために新しい衣装やドレスの注文をとったり、また仕上がった衣服を合わせて細かい部分をなおしたりしているのだ。

当然のことだが、いきなりあらわれたレティシアの存在を、踊り子たちははじめ警戒していた。

「深紅の間をまるごと貸し切るなんて、どういうことなの」

などと文句を言っていたのだが、ミレーナの、

「マダムがとあるお偉いさんに頼まれて、本妻にバレそうになった愛人を匿《かくま》ってやったんだってさ」

という方便が功を奏した。

レティシアが同業ではなく、馴染み客を奪われる心配もないとわかったうえに、その「お偉いさん」からは毎日のように、高級菓子や果物が踊り子たちのぶんまで店に届けられる。そのため、レティシアを嫌う者はいなかった。

さらに絵姿モデルをしていたことがわかると、やっぱり見たことがあるだの、仕立屋を紹介しろだのと、好奇心もあらわに話しかけてくるようになった。

「きっと若いうちから、いろいろ苦労したんだねえ。頑張りなよ」

こうして踊り子たちはみな、傷のせいで嫁ぎ先のない娘をマダムが面倒みてやったのだ、と思いこんだのだった。

「それにしても、この部屋ごと、あなたをポンっとねえ～。さすが、ひねくれ者とはいえ大公一族の若さまだわぁ。ちょっと見なおしたかも」

深紅の間で、デュランから贈られてきた焼き菓子をつまみながら、ミレーナは感嘆したように眉をつりあげる。

彼女は男爵令嬢というレティシアの素性を、店の誰にも――マダムにさえ喋らなかった。この人ならば大丈夫だと、レティシアはマダムの承諾を得たうえで、自分を囲ったのがブランセル子爵なのだと打ち明けたのだ。

しかしもちろん、彼が自分とは旧知の間柄で、しかも初恋の人であるとは言えない。デュランの身分を考えれば、この国に滞在していたという個人的な過去も、うかつに話してはいけない気がしたのだ。

「で、どんなふうなのよ、彼。その……わかるでしょ」

ひやかすような笑みに、レティシアは真っ赤になってうつむく。

「……そのっ……とても、丁寧……というか」

「へえっ、そうなんだ。皮肉屋で口の減らない男《ひと》だけど、やっぱりベッドでは優しいんだね。それを聞いて安心したわぁ」

実際、彼のしたことが男女のあいだでふつうなのかどうなのか、聞いてみたい気もしたが、やはり恥ずかしすぎて無理だった。

「このお店で子爵さまに声をかけられた女性はいないんですか」

「あるわけないじゃない。まだ彼が店に来てそれほど経ってないっていうのもあるけど、あなたのような娘《こ》が好みじゃねえ。でも、どうしてそんなこと聞くの？」

たっぷりミルクを注いだ紅茶を飲みながら、ミレーナは肩をすくめる。レティシアは、ちょっと聞いてみただけ、と曖昧に言葉を濁《にご》した。

女性を抱き慣れた彼のことだ。もしや……と思ったのだとは、言えなかった。

そんな妹分を見やり、ミレーナは小さく息をつく。

「いい、ベッドの相性も顔もいいからって、本気になったりしちゃだめよ、レティシア」

「な、なりません。あんな、自分勝手で気位の高い人」

すでに八年前からもう——とも言えず、レティシアはぶんぶんと首をふる。

「ならいいけど……けっこういるのよ、客に本気で惚れちゃう娘《こ》。身分ちがいの恋はつらいだけなのにねえ。若さまも外遊期間が終わればお国に帰るんだし、あなたはがんばって彼を歓ばせて、自立するお金を貯めるのに集中したほうがいいわ。それがあたしからの忠告よ」

そう言ってから、ミレーナは壁の振り子時計をちらりと見やる。そして、めずらしくためらったようすで、ふっと視線を落とした。

「……それとね、ちょっとお願いがあるの」

「なんですか?」

「手紙を書いてもらいたいの。あなたなら、ちゃんとしたものが書けるから」

実はすでに、レティシアの代筆は踊り子たちのあいだで大好評だった。

そのほとんどが貧しい出自の彼女たちは、読み書きが苦手だったのだ。そのため、贔屓《ひいき》の客やパトロンと手紙のやりとりをするのに、レティシアの美しい文字と礼儀正しい文章が引っぱりだこになった。

わざわざ代筆屋に頼むお金も手間もはぶけ、またレティシアも快く引き受けたので、踊り子たちからは気だてのいい娘だと、さらに親しまれるようにもなっていた。

「もちろん、私でよければ喜んで」

ミレーナには感謝しきれないほど世話になっているし、力になれることなら、なんでもしたい。にっこりとレティシアがそう答えると、黒髪の美女はほっとしたようにうなずく。

「どうもありがと。じゃあ、この手紙に断りの返事を書いてちょうだいな。理由は……そうね、あたしにはおそれ多くて、分不相応すぎますから、ってことにしておいて」

店いちばんの売れっ子だけに、言い寄られることも多いのだろう。わかりました、とレティシアは、その手紙を受けとった。

「そろそろ行かなきゃ。新しい振りつけ、評判いいのよ……って、ちょっとお菓子食べすぎちゃったかしら?」

また舞台の感想を聞かせてね、と手をふるミレーナをドアのところで見送ると、レティシアはさっそく窓際の書き物机に座る。

思えばそうとうな数の誘いをもらっているはずのミレーナだが、こうして手紙の返事を頼まれたのははじめてだ。無視できないほど身分の高い相手でもあるのだろうか。

「まあ、手漉《てす》き紙だわ」

封筒の内側は、いま大陸中で流行している東洋の珍重な高級紙で飾られていた。しっとりした上品な風合いに、きらきらと雲母《うんも》のように輝く金銀箔《きんぎんはく》がとても美しく愛らしい。送り主は、なかなか洒脱《しゃだつ》な感性の持ち主のようだ。

さらに手紙の内容もきちんとしたもので、礼儀正しい食事の誘いが端正な文章でつづられている。言葉の選び方から高い教養と身分が察せられるが、壮年、中年ほどではなく比較的若い男性のように感じられた。封蠟はありふれた品で家紋はなく、署名もイニシャルでS・Dとあるだけだ。

「これを読んだかぎりでは、断らなくてもいいように思えるけれど……」

むしろ爽やかな好感さえおぼえ、レティシアはそうつぶやいてしまう。

しかし、もちろんミレーナ宛ての手紙であるし、彼女が断るというのなら、そうした返事を書くしかない。

心をこめて清書し、また明日ミレーナに確認してもらおうと、引き出しのなかにしまう。

「そうだわ、私もお母さまにまた送金しなくちゃ」

母宛ての手紙に自分の名はいっさい記さず、元気です…とひとことだけ書いている。差出人は、修道院のシスターとして架空の名を署名することにした。こうすれば読むのは母しかいないはずだし、仮に手紙が父に見つかっても興味をひくことはない。

小間使いに買ってきてもらった薄い聖経典のあいだに、マダムから受けとった紙幣を何枚かずつはさむ。一度にたくさんは送れないので、適度な間隔をあけて送ることにした。

——心配をかけてごめんなさい、お母さま。でも、かならず迎えに行きます。

レティシアは、本気で母を男爵家から連れだすことを考えはじめていた。あの家や父から解放されないかぎり、母はけして楽になれないし、身体も悪くなるばかりだ。

残っているお金はじゅうぶんにある。いつかレリスのどこかに住まいを借り、母娘で刺《し》繍《しゅう》や仕立てをする店を持てないだろうか。

贅沢《ぜいたく》な大店《おおだな》は無理だが、小ぢんまりしたところならなんとかなりそうだ。落ちついたら、絵姿モデルのときに世話になった、あのおかみさんに相談してみようか——。

しかしこうして家のことを考えれば、どうしてもマイヤーの影が胸に重苦しさを落とす。

ミレーナの話では、マイヤーはいまだに新大陸には戻らず、ホテル・メルドールに滞在しているらしい。そればかりか数日前にも〝ブーケ・ルージュ〟にほど近い酒場に顔を見せ、数人の強面《こわもて》の男まで連れていたらしいのだ。

あの人さえ帰国すれば、私ももっと自由に外出できるのに。

そう眉根を寄せながら、ふとさっきのミレーナの言葉を思いだす。

——でもデュランさまだって、そのうちオルストランド公国に帰ってしまうんだわ。

あれほど淫らな辱めをうけながらも、せつなく彼を想う自分に呆れ、レティシアはほろ苦い溜め息をつく。

——ミレーナさんに釘を刺されたとおりね……。

憐れみではなかったにせよ、デュランから歌劇場に誘われた理由は、彼にとって刺激的な遊びのひとつにすぎなかった。

金で買われたわが身の立場をあらためて思い知らされたが、不相応な夢を見るのはやめるのだと、あらためて戒められた気がする。

なのに——彼に触れられ、目覚めさせられてしまった身体はときとして悩ましく疼《うず》き、レティシアを懊悩《おうのう》させてしまう。

寝苦しくて窓を開ければ偶然、客と睦みあうほかの踊り子の猥《みだ》りがましい声が聞こえてきてしまい、あわてて頬を染めながら上掛けをかぶった夜もあった。

彼の目的はこの身体にあるのだから、会えばまた乱されてしまうことはわかっている。けれども、つぎはいつ……、と考えずにいるのは難しかった。きつく抱きしめ、耳元で甘く囁いてくる彼が懐かしくてたまらなかった。


そんなレティシアのもとに、ブランセル子爵からの使いだという紳士が訪れたのは、歌劇場の夜からしばらく経った日のことだった。

「子爵どのにおかれましては執務に多忙を極めておりますので、今後は当家の別荘に滞在していただきますよう、申しつかりました」

長身で黒髪の、きりりとした面差し。おぼろげながら記憶があった。

「あなたは——たしか……シモン、さん？」

そう尋ねると、覚えられているとは思わなかったのか、紳士はすこし驚いたような顔になる。けれどすぐにうなずくと、精悍な口元をゆるめた。

「はい。お元気そうでなによりです、レティシアさま」

「そんな、さま、だなんて……おやめください」

リーシェ家など足元にもおよばぬ上流貴族であろうシモンに、レティシアはすっかり恐縮してしまう。

「いいえ。あなたは我が旧友のお相手なのですから、当然です」

口ぶりからすると、どうやら彼は、デュランがクラヴィス王国に滞在しているときの世話役を仰せつかっているようだ。

「同様に、今後、必要以上に私にへりくだるような態度をとる必要もありません。よろしいですね」

ぴしりとよどみなく言いきられ、最後に念押しするような笑みをにっこり浮かべられれば、こんな印象の人だったかしらと、よくわからないままレティシアもつい押し切られてしまう。

「衣服など、お支度ものはすべて当家でご用意します。ですが個人的にお気に召したものなどは、どうぞご自由にお持ちください。二日後、迎えの馬車にてうかがいます」

まるで宮廷文官のようにきびきびと必要なことを告げると、シモンは退出の挨拶をして部屋を出ていく。

せっかくじきじきに足を運んでくれたのだからと、レティシアは店の表扉まで彼を送ることにした。デュランには他意などないだろうが、手紙ではなく、こうしてわざわざシモンを寄こしてくれたのが嬉しかった。

「ほんとうに懐かしいです。子爵さまは、なかなか昔のことをお話しにならなくて……まさかオルストランド公国のかたとも知らず、八年前はありがとうございました」

しかしレティシアがそう言って頭を下げると、シモンは濃い茶がかったヘイゼルの瞳をほんのすこし細めただけだった。

「思い出ばなしはどうぞ、子爵どのご本人となさってください。私などがしゃしゃり出ては、野暮というものです」

「ごめんなさい。そういうつもりでは……」

昔のデュランを知る人に会えて、つい舞いあがってしまっただけなのだと、レティシアが説明しようとしたときだった。

「あっ……」

聞き覚えのある声にふり返ると、ミレーナが立っていた。さっき起きてきたのだろうか、素顔のまま、簡単な身支度をととのえただけという姿だ。

その頰が、みるみる少女のように染まるのを見て、レティシアは目を丸くする。

けれどミレーナは、すぐにくるっと背を向け、楽屋のほうに駆けていってしまう。

「ミレーナさん、どうしたのかしら。あ、いまのはいちばん人気の踊り子さんで……って、シモンさん？」

レティシアがシモンを見あげると、彼までがその場に立ちつくしている。

「す、素顔……」

「はい？」

言葉の意味がわからず、怪訝《けげん》な顔をするレティシアに、ようやくシモンが我にかえる。

「あ、ああ失礼――いや、なんでもありません。お見送りは、ここでけっこう」

やけにぎくしゃくとした早足で、そそくさと店を出ていってしまう。

――どうなってるの……？

首をかしげたレティシアは、その理由をしばらくあとで知ることになるのだった。


二日後、約束どおりやってきた迎えの馬車で、レティシアはデュランに招待された別荘に出立した。

レリスからすこし離れた郊外の田園地域に建つ、丘陵《きゅうりょう》と森に囲まれた立派な館だ。敷地には庭園がひろがり、水鳥の泳ぐ池や、果樹園、厩舎《きゅうしゃ》なども見える。

幌《ほろ》のようなレース帽に編上げブーツ、高いフリル襟のついたラベンダー色のデイドレスを着たレティシアは、広々とした馬車寄せの脇の玄関に、見覚えのあるダークブロンドの輝きを見つけ、どきっとする。

「お招きありがとうございます。すてきな別荘、ですね」

「ああ。といっても、ここはシモンの所領だ。彼にもあとで礼を言っておくように……どうした、なにをにやついている」

「な、なんでも。ただ、シモンさんからお忙しいと聞いていたので」

怪訝そうに見つめられて、レティシアの頬が淡く染まる。すでにデュランが到着し、出迎えに顔を見せるとは思っていなかったのだ。

それに、これまではフロックコートの正装姿しか見たことはなかったが、今日の彼は濃紺のベストに乗馬ブーツを合わせた軽装で、まずます昔の面影とかさなる。

久しぶりに見聞きするそのまなざしや声に、胸がときめいてしかたがなかった。

「それにしても、ここは空気がきれいで、とっても落ちつきます」

あたりの緑を見わたし、レティシアは若草色の瞳を晴れやかに輝かせる。

するとデュランは、馬車から降りたばかりの彼女の手をとった。

「それほど気に入ったのなら、天気もいいし、案内がてら散歩でもしてやろうか?」

「えっ……ほんとうですか」

思いがけない誘いに、胸が躍る。

ふたりでやわらかい芝生とレンガ造りの小路を歩き、丘を登っていく。デュランはレティシアの手を握ったままで、ときおり小川や水たまりがあると、きちんとエスコートしてくれる。

——紳士的で、優しくて……こういうところ、ちっとも変わっていないのに。

八年前も、こうしてふたりで一緒にすごしたことを、ほんとうにデュランはもう覚えていないのだろうか。あるいはなにか理由があって、過去の自分を死んだものとし、封印したがっているのか。

そんな思いに胸を揺らしながら、レティシアはただ、手のひらから伝わるデュランの温もりを感じていた。

やがて、見晴らしのいい丘のうえにつくと、ちょうど眺めを楽しむための小さな東屋《あずまや》があった。童話に出てくるような尖った屋根を四隅の柱が支えており、そこにテーブルと椅子がある。

「わあ、気持ちいい風……まるでルイーズの村にいるみたい」

ふっと口をついて出た言葉に、はっとする。都会のレリスにずっと滞在していたため、思わず故郷を懐かしむようなことを言ってしまった。

「……家に、帰りたいのか」

そう問われてドキリとし、けれどすぐさま、首をきっぱり横にふる。

「いいえ、それとこれとはべつです。生まれ育ったところは懐かしいし、お母さまのことも心配ですけど、あの家には帰りたくないし、帰れないわ」

レティシアは、マイヤーとの婚約は父が勝手にきめたもので、自分にはその意思はないのだとあらためて告げる。しかし、借金の肩代わりのことは口にしなかった。

お金の工面を求めているように聞こえてはいやだったし、そんなさもしい真似など、絶対にしたくなかったのだ。

——それに…私は……。

せめてオルストランド公国に帰国するまでは、あなたのそばにいたいから——そんな言葉を、そっと胸のなかでつけくわえる。

「……そのマイヤーという男、なかなかの曲者らしいな」

そんなレティシアをじっと見つめていたデュランが、口をひらく。

澄んだブルーの瞳の奥にいつもあった翳《かげ》りが、ほんのすこしだけ明るくなったように見えたのは、気のせいだろうか。

「レリスの社交界からはつま弾きにされたが、貿易商や議会筋にやたら顔がきく。最近は繁華街の裏組織とも繋がりを持つようになったようだ。マダムに気をつけるように言っておくといい。それに当然、きみもだ……ひとりで街に出たりするのは控えてくれ」

「はい、お伝えしておきます。いろいろ、調べてくださっていたんですね。ありがとうございます」

「べつに、礼を言われるために調べたわけではない。ただ、あんな輩《やから》に……」

ムッとしたように言いかけ、しかしデュランは思いかえしたように黙りこんでしまう。

けれどその沈黙は、けしてとげとげしいものではなかった。不思議と、なぜか自然で居心地のいいものだった。

「あ、いい匂い……」

ふたたび、ざぁっ……、と風がレティシアの髪を揺らす。ふわりと空気に溶ける、甘く儚げな香りはどこから、とあたりを見まわした。

「オレンジの花だ。ほら、あそこに見えるだろう」

するとデュランが丘の東側に見える、白い小花をつけた樹々を指さした。

気のせいなのか、その瞳はやはり、いつもより優しく見えて――。

「そういえば昔、デュランさまがくれた温かいショコラがとっても美味しかった。オレンジの爽やかな風味が忘れられなくて、家でもときどき真似してつくってみたけれど、うまくいかなくて。レリスに行けば飲めるだろうと思っていたのに、どこのカフェにもなくて……でもあなたと再会してわかりました。オルストランド風の飲み方だったたんですね」

そう、なんの気なしに話すと、デュランは驚いたように瞳を見ひらいた。

「あのときのことを、覚えているのか…？」

「ええ、あのショコラの味、それにデュランさまがかけてくれた優しいお言葉、ぜんぶ」

「では、その傷――」

見たこともないような真剣な顔で言いかけたデュランは、けれどまたなにかを呑みこむように口をとざし、端整な顔をスッとそむけてしまう。

「デュランさま……」

レティシアの心臓がぎゅっと締めつけられ、とくとくと鼓動をはやめる。

――もしかして、誓いのことを思いだしてくれたの……？

しかし問う間もなく、彼はいつもの冷静な表情に戻ってしまった。

「……風が冷えてきたな。館に戻ろう」

そうして、そっけなく背を向け歩いていってしまう。

腑に落ちないものを感じながら、レティシアはそのあとをついていくしかなかった。


別荘での生活がはじまると、ほんとうの上流貴族の暮らしぶりがどんなものなのか、はじめて体験することとなった。

もちろんレティシアは、ごくふつうの男爵令嬢だと館の使用人たちに紹介されている。

デュランとおなじく館の客として、もてなしをうけていた。

身につけるものから、支度にかける手間、メイドの数、リネン類の質にいたるまで、どれをとってもその潤沢さに驚いてしまう。

当然、食事も言うにおよばず、まるで夢のようだった——が、ときおり母のことがふっと胸をよぎれば、自分だけがこんな生活をするのが申しわけなくなってくる。はやく母をレリスに呼び寄せようと、焦りばかりが強くなっていくのだった。

けれどいまのレティシアはデュランに囲われている身で、自由に動くこともままならない。それればかりか、彼の帰国がすこしでも伸びればいいとさえ願ってしまう。

そんな自分の気持ちを、もてあましてしまう日々がつづいた。

しかし——。

おなじ館に生活していながら、デュランがレティシアの寝室を訪れることはなかった。

初日はどうとも思わなかったが、二日、三日と過ぎるにつれ、しだいに気になってくる。

歌劇場の夜から、二週間近くが経とうとしていた。

——どうして……?

わざわざ意識するのもおかしいのだが、しかし彼に囲われた目的を考えるとわからなくなる。もしレティシアに飽きたり不快をおぼえたのなら、一度決断すれば容赦のないデュランのこと、すぐ〝ブーケ・ルージュ〟に送り返されているはずである。

かといって、友人の館だからと遠慮するような性格とも思えない。日中は乗馬やフェンシングをしているから、体調が悪いわけでもなさそうだ。

ふだんの会話からはとくに気分を害しているようにも見えず、むしろくつろいでいるように思える。ときにはシモンと三人で、冗談に興じ笑うこともあった。

そうなると考えられるのは、やはり初日に交わした会話が原因なのだろうか。

——あのとき、デュランさまは傷のことでなにか言いかけていたわ。もしかして私の傷を目にしたくない理由でもあるのかしら……。

けれど言いかけた言葉を抑えたのも、あきらかに彼の意志だった。

過去を封印しているのには、きっとなにか理由があるはず。そう考えたレティシアは、自分から傷のことに触れるのはやめようときめる。

ほんとうはたしかめたくてならなかったけれど、デュランみずから話してくれるのを待つことにしたのだ。もちろん、永久に話してくれることなどないかもしれないが、彼の心を無理にひらかせようとするよりは、ずっとましだった。

もちろん昼間もつねに一緒ではなく、デュランはシモンと外出することも多い。そういうとき、レティシアは散歩のほか本を読んだり、ときにはダンスのレッスンをしてすごす。

別荘に招待してもらったせめてものお礼にと、母譲りのレース刺繍で男性用のスカーフを縫うことを思いつくと、精緻な縫い物を毎晩、遅くまで根気よくつづけていた。

そんなある日、館のまわりを散策していたレティシアは、思わぬ場面を目にした。

広い厩舎脇の納屋《なや》で、デュランとシモンが殴りあっていたのだ。驚いて思わず窓に駆け寄り、なかを覗けば、手にグローブをつけている。

——あれって……ボクシングとかいう……？

男性には人気らしいスポーツだが、デュランまで嗜《たしな》んでいるとは思わなかった。しかしよくよく思いかえしてみれば、マイヤーと対峙したときのかまえは、これだったのだ。

シモンが指南役をつとめているようだが、デュランの動きもなかなかだ。

訓練はしだいに加熱して、やがて、ふたりともシャツを脱ぎ捨てる。ほどよく筋肉がつき、引きしまったデュランのしなやかな体躯はとても美しくて、彫刻のようだ。

いけない…、と鼓動をはやめながらも、レティシアは目を奪われてしまう。ダークブロンドの髪やうなじ、裸の胸板を濡れた汗が滴っていた。

「あ……」

熱っぽくその姿を見つめ、しかしふと我にかえって窓ガラスに映る自分を見れば、急に恥ずかしさと罪悪感が襲ってくる。

逃げるようにその場を立ち去ったが、頬の熱さは、しばらく冷めやらなかった。ガラスに映った自分の潤んだ瞳が、ひどくもの欲しげな表情に思えてならなかった。

その、翌日——。

「舞踏会……今夜、ですか？」

朝食のあと、レティシアはデュランに呼びとめられた。

「そうだ。王宮から招待されていてな。仮面舞踏会という名称だが、仮装も必須だ。衣装は用意してあるから、あとで届けさせよう」

「お、王宮……!? ということは、王家の方々もご参加なさるんですか」

目を丸くしたまま固まるレティシアに、デュランは淡々と告げる。

「主催なのだから、あたりまえだろう。といっても国王陛下は知ってのとおり療養中だから、第一王子のレオナルド殿下がご出席なさるとのことだ」

「第一王子……そういえば第二王子さまは、だいぶまえにお亡くなりになられているのでしたわね。子供のころでしたから、あまりよく覚えていないのですが」

「国民であるきみが知らないことを、外国人の私が知るわけがないだろう。とにかく私はシモンと先に出なければならない用がある。向こうで待っているからな」

なぜかそっけない口調で話を切り上げると、デュランは足早に廊下を歩き去る。

「……そんなふうにおっしゃらなくても」

ダークブロンドの後姿を見つめながら、レティシアはしゅんと肩を落とす。

それにしてもこんな一大事を、いま思いついたみたいに、こともなげに言うなんて。大公一族の子爵さまにとっては、それすらありふれた日常のひとつでしかないのだろうか。

考えているうちに、緊張のあまり頭痛がしそうになる。

「もうっ、信じられない……それに仮装って、いったいどんな格好をすればいいの？」

あのデュランが、どんな衣装を用意しているのかと思うと、いやな予感しかしないのだ。まさか〝ブーケ・ルージュ〟の踊り子の衣装では、などとあれこれ気が散って落ちつかない。いくら派手な衣装を着ても、この胸の傷を人前にさらせるわけがないのに。

しかし、午後の湯あみを済ませてメイドたちが運んできた衣装箱をあけてみれば、意外にも型どおりのドレスがはいっていて、拍子抜けさせられる。ただしそれは、意図的に古い時代のデザインに似せて仕立てられていた。

豪奢《ごうしゃ》な絹織物をふんだんに使い、明るい紅地に華やかな小花模様を散らしたガウン、薄いシフォンが幾重にもかさねられ、ふわりと大きく広がったペティコート。縁取りにはレースや白毛皮がたっぷりと贅沢にあしらわれている。

「まあ、すてき……聖杯の女王のドレスですわね」

ほんとうだわ、とメイドたちは口々にドレスを用意しながらにぎわっている——聖杯の女王、とは大陸では馴染み深い童話に出てくる人物だ。

「女王だなんて……こんな貫禄のあるドレス、私には無理だと思うの」

「だいじょうぶですわ。仮装は楽しんだ者勝ちといいますし、お嬢さまならきっと着こなされるはずです。どうぞ、わたくしたちにおまかせくださいませ」

さすが名家に仕えるメイドたち、というべきだろうか。たっぷりと時間をかけて、レティシアはようやく着付けを終える。

ふわりと結《ゆ》われたプラチナブロンドの髪に、光沢のある紅地のドレスがよく映える。人によっては派手に過ぎるかもしれないが、若く清楚なレティシアが仮装舞踏会に着るには、ちょうどいい風合いだった。

しかし例によって胸元が大きくひらいているため、心もとない。なにか羽織るものを頼むと「子爵さまがじきじきにご用意なさっておられるそうです」と言われ、それまではいつものストールを代用しておくほかなかった。

そうこうしているうちに、館を出る時間となる。レティシアは着なれないドレスをなんとかさばきながら、ドミユール家の紋章のついた豪華な箱馬車に乗りこんだ。

御者は指示をよく言い含められていたらしく、王家の森にある庭園で馬を停める。

ここからは宵《よい》の散策がてら、王宮まで歩いていくことができるのだ。あかあかと篝火《かがりび》がいくつもともされるなか、すでにそぞろ歩く招待客の姿もすくなくない。

「こちらですよ、レティシアさま」

点在する東屋のひとつで先に待っていたシモンは、長身なのですぐにわかった。

大きな羽飾りのついた帽子に細剣と、中世近衛隊士の装束がとてもよく似合っている。

しかしデュランの姿がどこにもない。

——女王、近衛騎士とくれば、やっぱりあの人は将軍や元帥《げんすい》の衣装なのかしら？

「あの、子爵さまはどちらに」

シモンにそう尋ねると、なぜかいま乗ってきた馬車を手で示される。

ふり向いたレティシアは馬車を降りた御者の顔に、あっと息をのんだ。帽子の下から、撫でつけたダークブロンドの髪があらわれたのだ。

「まあっ、先に出かけるなんて言っておいて……！」

「さすがのきみも、気づかなかっただろう。王宮主催なのだから、これくらいは趣向を捻らないとな。まあ、すべてこの男の受け売りだが」

シモンを指してそう言うものの、デュランの微笑みは、どこか悪戯《いたずら》な少年めいている。

ミッドナイトブルーの燕尾服《テールコート》に青灰色のベスト。禁欲的なタイと白手袋はもちろん、さらりと銀鎖の光る懐中時計や螺鈿《らでん》のカフスはとても瀟洒《しょうしゃ》だ。

「驚きましたわ。まさか子爵さまが、御者の格好をなさっていたなんて」

「御者ではない、執事だ。今夜は私に敬語など使うなよ。主はきみなのだからな」

「ええっ、仮装のうえに、そこまでするのですか？」

服装だけなら想像以上に似合っているものの、いつもの口調や堂々とした威容がまったく隠せていないため、執事という雰囲気はまるで皆無だ。そのわりには張りきったようすのデュランに、レティシアは困惑して眉根を寄せる。

すると、すぐにシモンが救いの手をさしのべた。

「仮装舞踏会では、意外な人物になりきるのが醍醐味《だいごみ》であり、礼儀なのです。地位の高いご婦人がメイドになったり、ときには若いご令息が姫君に、令嬢が騎士になることもね。つまりタブーはなく、羽目を外しなさいという催《もよお》しなのですよ……だから、身分を気にせずふるまえるよう、簡略ながら目もとにはマスクをつけるしきたりになっているのです」

「でも――」

「どうせ私に、使用人の真似事などできないと思っているんだろう。きみこそ女王らしくふるまえなかったら、またお仕置きしてやるぞ」

と、デュランから挑戦的な目つきで顔を覗きこまれればつい悔しくて、とうとうレティシアも、ええわかりました、とブルーの瞳を睨みかえしてしまう。

――できるわよ。女王らしく、女王らしく……そうよ、マダム・ジェシカみたいに貫禄たっぷりに、威張ってやるんだから。

「ではそのまえに、そのストールをお預かりいたしましょう。レティシアさま」

「これは……、け、けっこうですわ」

しかしとうとう怖れていた事態に、レティシアは、とてもマダム・ジェシカの威厳とは似ても似つかぬ口調のまま、おずおずとあとずさる。

すると――。

「いいえ。あなたさまにふさわしいものをご用意してあります」

デュランは燕尾服の懐から、うやうやしく黒い小箱を取りだした。なかをひらけば、美しいチョーカーが置かれている。

星粒のように小さなダイヤモンドに縁取られた、ベルベット地のバンド。その先に、ルビーをちりばめた大輪のバラの花が輝いていた。朝露に見立てた真珠がアクセントになっていて、とても豪華で美しい。

——あ……。

驚いて声もでないレティシアのストールを外し、デュランは彼女の首にチョーカーをとめる。するとちょうど胸の傷がぴったりバラの花にかさなり、見えなくなった。

「これでもう、無粋なストールとはお別れです。レティシアさま」

耳元でそう囁かれれば、涙があふれそうになってしまい、なんども瞬《また》きをくりかえす。

「泣くと、化粧がくずれますが」

「もう……わ、わかってますっ」

そんなふたりのやりとりを愉しげに眺めていたシモンが声をかけた。

「レティシアさま、バラはごぞんじのとおり、この国の象徴です。ふだんの宮廷内では、王族にゆかりあるかたのみが身につけられるのですが、今夜はべつ。むしろ王家を称えるものとして、喜ばれるのです」

こんな高価なものをなんの理由もなく贈られていたら、レティシアも委縮してしまい、とても受けとることなどできなかっただろう。けれどこの仮装舞踏会の夜に合わせて、という粋《いき》なはからいが、嬉しくてならなかった。

――しかもバラの形だわ……これは、偶然なの？

八年前、胸の傷をバラだと喩《たと》えてくれたデュランの言葉。

あれこれ考えたくなる気持ちを、レティシアはそれでもなんとか抑えつけた。彼がなにも言わないのなら、独りよがりな想像などしないほうがいい。

デュランにしてみれば、ただ野暮ったいレティシアの格好をどうにかしたかっただけなのかもしれないのだ。またこうした提案じたい、すべてシモンが計画したことなのかもしれなかった。

それでも――。

「ありがとう……ほんとうに、ありがとうございます……」

まなじりの涙をふくと、レティシアはしゃんと顔をあげて微笑み、輝くばかりの王宮へと歩きだしたのだった。

白亜の大広間のドーム天井に飾られた、数えきれないほどの垂れ幕。

目にも鮮やかな青地に金の房飾り、そのひとつひとつに、金糸で三輪のバラをかたどっ

たクラヴィス王家の意匠が縫いとられていた。

集まった人々はみな東洋風、神話風……と思いおもいの豪奢な衣装を、競いあうように着飾っている。騎士とメイドが踊っていたり、魔女と聖母が談笑していたりと不思議な光景があちこちでくり広げられ、見ているだけで楽しくなってくる。

シモンの言ったとおり派手な仮面こそしていないが、誰もが目もとをおおう布製のマスクをつけていた。そうして気ままにワインを飲んでは談笑し、優雅な演奏にあわせてダンスに興じる。

一時は激しい革命運動に脅かされた内政も、王権と議会制の並立がしだいに落ちつき、安定しているあらわれだった。一部には、より過激になった暴力的な革命派閥がいまだに地下活動をしているという噂もあったが、訪れた産業化の波とともに、国が豊かさを増しているのはまちがいなかった。

しかし大広間の奥、ひときわ高くなった壇上の玉座に、国王の姿はない。

クラヴィス国王エルネスト四世は、八年前の革命未遂事件のあとほどなく心労から病に倒れ、いらい療養生活を送っているのだ。

かわりに王妃とともにその父を支えたのが、隣の椅子に座っている嫡男《ちゃくなん》のレオナルド王子である。

獅子のような濃い金髪と豊かな髭《ひげ》、藍色の瞳をしたレオナルド王子は堂々たる風格で、三十代の後半になる。すでに妃も娶《めと》り、三人の子宝に恵まれていた。今宵《こよい》の趣旨に合わせ、砂漠のスルタン風の衣装を身にまとっていた。

その姿は、もちろん広間の片隅に佇むレティシアの目にも届いていたが、彼女は女王らしくふるまうどころか、すっかり王宮舞踏会の熱気に圧倒されてしまっていた。そのせいで、可憐な姿があちこちから注目されていることにもろくに気づかない。

シモンはといえば、いつの間にダンスの相手を見つけたのか、とうにいなくなっている。

「踊っていただけますか。レティシアさま」

「はいっ……じゃなくて……よ、よろしくてよ」

そんなレティシアの手をとり、デュランは優美なしぐさで彼女を抱き寄せた。

流麗なステップに誘われるように、その身をまかせる。とたん、まるで魔法にかかったような気分になった。

彼の腕に優しく支えられ、リードされている恍惚感。踊るうちに緊張もほぐれ、足どりも自然と軽くなる。胸元できらきらと揺れ光るバラのチョーカーを見るたび、信じられないほどの幸福感があふれた。

——まるで夢みたい……こうしてデュランさまと王宮でダンスできるなんて。

八年前、幼いころに憧れた夢想が、いまかなったのだ。今夜のことは、けして忘れない。そんな思いをなんども嚙みしめた。

何曲か踊ると、ワインや果物で喉を潤し、白石造りのバルコニーで夜風にあたる。見知らぬ人同士、たがいの衣装や髪型を褒めあう。仮装と目もとを隠したマスクのせいで、知り合いだとわからぬままの人々もいるということだった。

そしてレティシアは気づいていなかったが、踊り終わるたび、若い紳士たちが彼女に声をかけようとするのを、デュランはたくみに牽制していたのだった。

やがてすっかり頬を上気させたレティシアは、白い羽飾りのついた扇で顔をあおぐ。

「ああ、熱い。こんなにたくさん踊ったのは、はじめてなの」

「すこし休まれるのがよろしいかと、レティシアさま。どうぞこちらへ」

デュランに手を引かれるまま、広間を出る。一階のテラスから庭園に出ると、そこにも舞踏会の客たちが天幕でくつろぎ、閑談《かんだん》を楽しんでいた。給仕やメイドが、そのあいだを忙しく立ち働いている。

しかしデュランはそこも通りすぎ、庭園の奥へと歩いていく。

庭園とはいえ勝手に王宮の敷地を歩いてよいものだろうかと心配になるが、彼は大公一族であるうえ、シモンのような名家の息子を学友に持つ身分である。きっとあるていどの範囲の散策は許されているのだろうと、レティシアは思いなおした。それになにしろ、今宵は舞踏会なのだ。

——それにしてもずいぶん、王宮内に詳しいみたい。何度も招待されているのね。

やがて、壁のように刈りこまれた高生け垣に囲まれた、バラのアーチをくぐる。

「まあ……可愛らしいお庭」

白や淡いピンクのつるバラが咲き乱れる庭園は童話の世界のようで、小さな噴水と東屋があった。堂々とした宮廷の大庭園のなかに、こんなささやかな花園があるとは思いがけず、レティシアは清楚な顔をほころばせた。

「王宮の仮装舞踏会だなんて、はじめはどうなることかと思ったけれど、とても楽しかった。連れてきていただいて、ありがとうございました。一生の思い出にします」

「それはどういたしまして。しかし、女王らしからぬ言葉づかいをなさらないよう」

「ごめんなさい。でも、もういいでしょう？　やっぱり、私には無理だわ」

降参したようにレティシアが肩をすくめると、デュランは、自分と彼女の目もとをおおったマスクの紐をするりと解いた。

「ほら、言ったとおりだったろう。きみの負けだ」

「まあ、そんなに嬉しそうなお顔をして。大人げないかた」

「嬉しいとも。こうして、ゆっくりお仕置きができるのだからな」

急に艶っぽいまなざしで見つめられ、頬を撫でられれば、心臓がきゅっとして落ちつかなくなった。ふたりきりのこの状況を、どうしても意識してしまう。

「お、お待ちになって。ここは王宮の……っ」

しかし、頬を赤くしうろたえるレティシアの身体を、デュランは東屋の柱に押しつける。そのまま深く唇をかさねた。

「……ふ……」

とろりとしたやわらかな感触は強い酒のように、かあっと全身を熱くした。

淫らな舌の動きに蹂躙《じゅうりん》され、見るまに心臓がどきどきと早鐘をうつ。

けれどもうっとりするような甘いバラの香りにつつまれながら、レティシアはこのままずっとデュランに抱きしめられていたかった。ほんとうは彼にこうされるのを待ち望んでいたのだと、上気した頬が物語っていた。

「今夜の女王陛下は、ずいぶんと身体が火照っておいでのようだ」

「ん…っ……そん…なこと……」

「ずっと欲しかったのだろう。トレーニングを覗き見ていたことくらい、私が気づかなかったとでも？」

生け垣の向こうにはべつの天幕があり、客たちが思いおもいに楽しんでいる。人々を照らす大きな篝火の灯りがこちらまでうっすら届いて、彼のブルーの瞳を妖しくきらめかせていた。

「い、言わないで。ちがうの。あれは偶然……」

もの欲しげな顔を見られていたかと思うと、レティシアは泣きたくなってしまう。

「隠すことなどないだろう。正直に言えば、ご褒美をあげようというのに」

耳朶《じだ》から首筋を強く吸われ、熱い唇が胸元へとおりていく。デュランはバラのチョーカーに軽くキスすると、コルセットに押しあげられた白い谷間を頬張るように吸いあげ、舌先で愛撫しはじめた。

「あ……ぁ」

彼にそうされるだけで、胸の頂点がじれったさに疼き、ひとりでにしこってしまう。歓びをあらわすかのように、むくむくとはしたなく尖っていく。

――なんてこと……ここは王宮のお庭なのに。それに生け垣の向こうに人が……。

それにこの庭園にしても、いつ誰が通りかかるかわからない。しかも夜空の見える開放的な屋外で、こんな淫らな真似をしてはならなかった。

「それほど欲しいのなら、おねだりをしてみせたらいかがですか、レティシアさま」

ときおりわざと執事の言葉づかいで煽られる。いつもの居丈高《いたけだか》な物言いではなく慇懃《いんぎん》な口調で命じられるのが、かえって倒錯的な刺激にすりかわってしまう。

返事に困っていると、指先をコルセットの内側にねじ込まれ、乳首を強くコリコリと擦りつままれた。

「ほら、もうこんなに硬くしておいでのくせに」

「…あぁ…っ！　ひ……ぅ……」

びく、とレティシアは腰を揺らして、ペティコートの下の両脚を無意識に擦りあわせた。秘められたあの場所が火照《ほて》って、じんじんと疼きだす。

「だめよ、だって……ここは……」

「舞踏会の夜だというのに、わかっていないのだな。王宮内のあらゆる小部屋……それに表の納屋、森の木陰で、どれほどの男女がこうしていることか」

コルセットの内側に忍んだ手が、ぐいっと乳房をガウンのうえに押しあげた。

「それとこれとは、関係……きゃっ！」

無防備に、ふるん、とこぼれでた双乳をすくいあげられ、レティシアは小さく悲鳴をあげる。生け垣の向こうの人たちに聞こえたらと、あわてて口元を押さえた。

けれど、そんなしぐさがかえってデュランの興をそそってしまったらしく、容赦なく弱い乳首に狙いを定めてくる。

「そうやって我慢している顔もすてきだ。泣かせたくてたまらなくなる」

「……くふ……ん……っ」

ぷくりと熟した手触りを愉しむように、円を描きながら揉みこみ、親指の腹でクリクリとつまみ捻じる。そのたびにむず痒いような、焦れたような感覚がこみあげてきて、レティイシアは声をころすのに必死だった。

「ん……そこ……だめ…なの……っ」

胸の尖りを執拗に弄《まさぐ》られるうちに、下肢の奥にもったりした熱が溜まっていく。二週間近くも触れられなかった肌はささいな動きにも敏感に反応してしまい、薄紅色に染まる。

「まったく、強情な女王さまだ。では先に、私の身体を鎮めていただこうか」

傍若無人《ぼうじゃくぶじん》な執事は思いついたようにレティシアの手をとると、ミッドナイトブルーのズボンに押し当てる。

「……あ…ぁ……っ…」

燃えさかる炎に触れたかのように、レティシアは手を引っこめようとしたが、きつく摑まれていてかなわない。

あまりの羞恥に身体がわなわなとふるえ、目線すらまともにあげられなかった。

そんなレティシアのようすを愉しむように、デュランは彼女にかさねた手をいやらしく上下に動かし、教えこむようにして息づく肉棒に擦りつける。

「これが今夜のレッスンだ。私を歓ばせてくれ」

「んっ……、で、でも……ひ、あぁぁ」

うながすように、きゅっ、と乳首をきつくつまみあげられてはひとたまりもなく、レティシアは涙目になりながら、つたない手つきで肉茎を刺激する。

するとしだいに布地が隆々と膨らみ、張りつめていく。出すようにと命じられ、おずおずと前立てをくつろげた。

「…あ…っ……」

生まれてはじめて触れる、男性の象徴。熱いそれはサテンのようにすべらかで、雄々しく天を仰いでいる。思った以上に逞しい輪郭に驚いた。

これを、処女の自分が受けいれたとはとても信じられなかった——そのくせ、貫かれたときのことを思いだせば、腰の奥がじんっと甘く捩れ、なぜかせつなく疼いてしまう。

「では跪《ひざまず》いて。その愛らしい唇でキスするんだ」

「…ひ……そんな、無理……あ、ぁう…っ！」

とんでもない命令に愕然とし、首をふって拒もうとしたせつな、乳首をぎちりと噛まれて悲鳴を押し殺す。ツキンと淡い痛みのあと、ちゅく、ちゅくっと甘く吸われ、舌先で焦らすように転がされれば、たまらないほど気持ちよくなってしまう。

「だ、だめっ……そんな…したら……からだ…とけちゃう……」

訴えるように瞳をまたたかせ、レティシアはふるふると首をふる。

「ああ、それはいいな……もっと快楽にとろけきったきみを見たくてたまらないんだ」

たくみな愛技が、身体の奥底に潜んだ官能の火を煽りたてていく。回をかさねるごとに感じやすくなって、こわいほど甘美な快感を強めていた。このままでは焦らされたあげく、あられもない懇願を口にしてしまうかもしれない。

「……お、おっしゃるとおりにするわ……だから、もう……」

はあはあと喘ぎながら、レティシアは身をかがめる。チェッカー文様が美しい大理石の床のうえに、ふんわり折りかさなったペティコートを広げ、膝をついた。

「あ……」

息づく肉茎をまのあたりにすれば、恥ずかしさに気が遠くなる。しかし、ぎゅっと目をつぶり、捧げもったものの先端に唇を寄せる。

するとそれはヒクリと反応し、さらに雄々しくそり返った。王冠のようにくびれた先端から、透明な蜜が露のようににじむ。

男性も濡れるのだと知って、レティシアはまた驚いた。もしも女性とおなじように高ぶり感じている証しなのだとしたら、すこしは歓んでもらえている、ということだろうか。

――だったら……デュランさまが、気持ちよくなってくれるのなら……。

その反応にわずかながら勇気をもらって、レティシアはぎこちない奉仕をつづけた。濃密な雄の香りに、めまいがしそうだった。

けれども先端から根元まで丹念にキスしていけば、しだいに好きな人のものなのだと、不思議と愛おしさのほうが勝ってくる。

歌劇場の夜、デュランがレティシアの指と下肢をそうしたように。また、彼から指を口に含むよう命じられたときのように。丁寧に唇を這わせ、ぴちゃぴちゃと刺激する。すると、しだいにどこがもっとも感じる場所なのか、おぼろげながらわかってくる。

「んっ……、まったくきみときたら……悪戯な仔猫そのものだ」

ダークブロンドの髪を揺らし、満足そうな溜め息をついたデュランは、そのままぬぷりとレティシアの口内に、いきり立ったものを押し入れてくる。

「もっと大きくあけるんだ……そう、それでいい……そのままつづけて……ああ……いい感じだ。こんなにいやらしいきみの顔を見るのは、はじめてだな」

卑猥なことを命じているのに、まるで愛を囁いているような、甘い声音。秀麗な口元からときおりもれる吐息が、ひどく扇情的だった。

「んぅっ、……ん……ふ……」

レティシアはむせこみそうになりながらも、ぬぷぬぷと抜き差しされる雄肉を、教えられるがままに吸い、舌をからめる。すると褒めるようにやわらかく髪を撫でられ、思いがけない隷属《れいぞく》の歓びが、ぞくぞくと背筋をはしった。

「はじめてにしては上出来だ。とても気持ちがいい」

するとまたご褒美がほしくなって、いっそう健気《けなげ》に仕えたくなってしまう。

「ん…く……、ふ…んん……ン……っ」

そんな感情に支配され、男性のまえに跪き、卑猥な行為をしている自分が信じられない。なのに腰の奥は熱くてたまらず、ぽってりと充血しはじめた花唇が、とろりと蜜液をにじませている。

「ふふ……はしたなく腰を突きだすなんて、淫乱な女王さまだな。そんなに美味しいのなら、もっと味わうといい」

「……んっ！　…あむぅ……ん、んっん……」

繊細な美貌に似合わぬほどの逞しい肉棒を、デュランはぐぷ、ぐぷっと大きく揺すりたてた。硬く張りだした王冠のくびれ、太い幹をぬるぬると唇に擦りつけられ、奥深くまで呑みこまされれば、さらに身体が火照ってたまらない。

思えば二週間近くまえ、歌劇場の夜も彼の舌と指で達せられただけで終わっている。それだけでは、もう足りなかった。

ひくひくと疼く蜜口に、この熱い剛直を突きたててほしい。

そして花筒の奥深くまでかき混ぜ、たっぷりと愛してほしかった。

いつしかそんな妄想に心を奪われ、とろんと瞳を潤ませたレティシアは髪を揺らしながら、愛しい人の欲望を高めていく。敏感なくびれのまわりや裏側に舌を這わせ、先端の切れ目をちゅくちゅくと刺激し、滴る雄蜜を一心に舐めとる。

生け垣の向こうから、グラスの音や談笑が聞こえていた。上品に笑いさざめく人々のすぐ近くで、レティシアは張りつめた雄のものを咥え、涎《よだれ》を垂らしながら口淫にふけっている。頭の奥がぼうっと甘く霞んで、もう彼のことしか考えられなくなっていた。

もっと歓んで。

もっと硬く、大きくなって……そして……。

「……っ、もういい。レッスンは合格だ」

なにかをこらえるような声音で、デュランがレティシアから身体を離す。淫らな雄蜜が、ちゅぷり、とバラ色の唇から銀色の糸をひいた。

「きみといると、どうしても自分を抑えることができなくなるな……。こんなに人をおかしくさせてしまうなんて、いけない小悪魔だ」

「…でも……、別荘に来てからは、一度も……」

乱れる息をととのえながら、消え入るような声で問いかければ、デュランは一瞬、思わしげに瞳を細めた。しかしすぐに小さく笑い、謎めいた答えを返す。

「そうだな。フェンシングに乗馬、ボクシング……発散させるのが大変だった。きみを焦らすために、わざとそうしていた、と言ったらどうする？」

そううそぶくと、よくわかっていないようすのレティシアを立たせる。大理石のテーブルに手をつかせて、お尻を突きだす姿勢にさせた。

「…あっ……や……こんな……っ…恥ずかし……」

「ほんとうはご褒美が欲しくてたまらなかったんだろう？　ほら、証拠を見せてごらん」

――私を焦らすために、禁欲をしていたという意味かしら。では傷のこととは無関係だったの……？

なんだか引っかかるものを感じるが、すぐにそんなことも考えていられなくなる。デュランが豪奢なペティコートの薄布を何枚もまくりあげ、荒々しく感じるほどの手つきでランジェリーを引きおろしたからだ。

「んん……ふぁ……っ」

ひんやりとした夜風が裸の白い肌を撫で、レティシアはむきだしにされた小さなお尻をふるわせる。

愛蜜はすでに内腿までしとどに濡らして、我知らず、腰がふるふると揺れていた。それがどれほど男を高ぶらせる、淫らな姿態であるかも気づかずに——。

「ああ、すごいな。咥えただけでもうこんなに濡れていたのか」

「…やあ…見ないでぇ……」

生け垣の向こうに透ける篝火を気にしながら、レティシアは怯えた小声で懇願する。お尻を突きだす格好があまりに恥ずかしく、デュランをふり返ることができない。

「見ないでだって？　さんざん人を煽るようなことをして、面白いことを言うのだな」

「わ、私からしたわけでは……や、ぁっ」

潤みきった秘裂にいきなり熱い舌先が差しいれられ、ちゅくちゅくと舐め上げられる。

「……んふぅっ……！　は…ぁあ……」

とたんに濃密な快楽におそわれ、必死に声をころす。テーブルについた手が、がくがくとふるえた。

ぬるつく舌が飢えた獣のそれのように媚肉をまさぐり、あふれる蜜と捏ねまわす。戯《たわむ》れるように蜜口をつつかれたかと思えば、膨れきった肉莢《にくさや》ごときつく吸われて、もうたまらなかった。押しよせる疼きは頂点に達し、愉悦をほとばしらせる。

「……ひ、……んん…んっ！」

めくるめく快感にびくびくと痙攣《けいれん》し、レティシアはあっけなく昇りつめた。

我慢していた時間が長かったせいか、恥ずかしいほどの蜜がちゅく、ちゅくっとあふれてとまらない。

「お漏らしとは行儀が悪いな。だが、そのはしたなさにそそられたよ」

身体を起こしたデュランがくくっと笑い、レティシアの白い双丘を摑む。いま達したばかりの花唇に肉棒をあてがい、挿入しないまま、じゅぷ、じゅぷっ…と緩急をつけて前後に擦りたてた。

「…ひぁっ……、あ、あぁ」

「ほら、美味しいご褒美が欲しくはないのか」

張りだした王冠のくびれが、敏感な紅玉を引っかけるようにヌラヌラと刺激する。

こらえきれない快感に、花筒の奥が狂おしく収斂《しゅうれん》して、もうレティシアの理性は蜂蜜のように、とろとろととろけきってしまう。

「……ふあぁ……おねがい……デュランさま……ぁ」

銀鈴のような声音を甘くふるわせ、せつなげに懇願する。そんな彼女の背をうしろから抱きしめたデュランは、紅潮したやわらかな耳朶を、ねっとりと舐めしゃぶる。

「言ってごらん、きみの望みを」

「……っ……あなたが……んんっ……、ほしい、の……ください……」

しゃくりあげながらそう訴えたとたん、またしても粟立つような従属の快感と興奮が全身を襲う。

するとわななく花芯に肉棒があてがわれ、ミチリと蜜口を押し広げる。しかしその先には進んでこず、レティシアは身悶えた。

「あぁ……だめ……焦らさないで……ぇ」

「それだけではわからないな、どうしてほしいんだ」

はやくちょうだい、とねだりたくてたまらなかった。一度淫らな懇願をしてしまえば、あとはとめられなかった。

「お、奥、まで……くださ……いっぱい……あ、んぁああ……っ！」

ズンッと一気に突き入れられ、レティシアは歓喜に我を忘れ、背をそらす。

待ち望んでいた逞しい雄肉に貫かれた花筒が、とろけそうな悦楽にわななないている。

「お望みのものはこちらでよろしかったでしょうか？　レティシアさま」

ズンズンと大きく腰を打ちつけ、突き上げながら、デュランが執事口調で慇懃な笑みをもらす。

「…はい…これがっ……あぁ……あなたのが、いい…っ……いいのぉ……ふぁあんっ」

うわ言のように答えるレティシアの瞳から、快楽のあまり涙がぶわりとあふれる。

力が抜けた腕は身体を支えられず、がくりと肘をつく。ゆさゆさと揺れる乳房の先が冷たい大理石のテーブルに擦れ、そんな刺激ですらたまらなく気持ちがいい。

これほどまでに、激しく彼を求めていたなんて。そして、求められることを望んでいたなんて――。

充血しきった女襞を、ぬらぬらとした肉棒が背後からたっぷりと擦りあげている。ときに大きく円を描くようにゆっくりと、しかしまたすぐにズン、ズン…っといちばん奥まで、深く、何度も押し入ってくる。

ぱん、ぱんっと肌のあたる卑猥な音。

もしいま、生け垣の横を誰かが通りかかったら……。

そんな妄想に、また背徳の快感を刺激される。

「んっ……そこだめ、なの……ぁふっ……」

歓びの証しにむちりと膨らむ花襞の敏感な膨らみを、肉棒の張りだした部分でごり、ごりっと刺激され、意識が飛びそうになる。絡みつくように花筒が収斂し、デュランのものをせつなく締めつけた。

女として花ひらき熟れていく自分の身体も、それにつれて濃密になる淫猥な歓びも、もうとめることができない。

もっと。

もっと激しく。もっと深く、愛して——せめてこの身体だけでも。

「あぁ……おかしく…なっちゃ……あ、ぁっ……ん、ん」

「おかしくなってしまえばいい。もっと乱れて私だけを感じ、求めずにはいられなくなってしまえばいい……」

息をつめたようにデュランがつぶやき、またなにかをこらえるように瞳を眇める。

もうとっくにそうなっているのに、と、レティシアは快楽の狭間《はざま》にぼんやりと思う。けれども、外遊期間が終われば帰国するのはデュランのほう。そう思うとあまりに寂しくて、理不尽とわかっていても、彼が恨めしくなってしまう。

だがほどなく押しよせた愉悦の波が、すべての思考を麻痺させていく。

いまはただ、彼の温もり、そしてひとつになった熱を、嬉しさを感じたくて——。

「ふぁっ……デュラン…さま……わたし……もう……あ、あぁ…！」

腰の最奥からこれまでにないほど強烈な快感があふれ、レティシアは官能の高みへと押しあげられていく。真っ白になる頭のなかで、ひとつの変わらぬ想いだけが、強く輝いた。

──あなたが、好き……昔のことも誓いのことも、一日と忘れたことはない…わ……。

「……、レティシア……ッ」

低く息をつくデュランが胴震いし、薄紅に染まったまろやかな双丘をひときわ強く掴む。

抽送をはやめ、最奥に沈めた肉棒から、滾《たぎ》る精をドクドクッと弾けさせた。

「……ふぁっ……あ……ぁん……っ」

注ぎこまれる熱い飛沫を感じ、すすり泣くレティシアも恍惚と下肢をふるわせる。

しっとりと汗ばんだ胸元をそらし、うわ言のように愛しい人の名を何度も呼んだ。

「私はここだ。レティシア……ここにいる」

そう言って、若き子爵は彼女をきつく抱きしめ、深くくちづける。

まるで本物の恋人同士のように、ふたりの影が寄り添い、かさなった。

このまま時がとまってしまえば──泣きたくなるような幸福感とせつなさに揺れながら、レティシアはうっとりと瞳をとじる。

裸の白い胸元に、きらきらと揺れる深紅のバラのチョーカーが、月の光をうけて美しく輝いていた。

「わあっ……すてきね、そのネックレス」

待ち合わせたカフェの席に座るなり、ミレーナが黒曜石の瞳をぱっと輝かせた。

「ありがとう、ミレーナさん。これ、オレンジの花なんです」

白い小花を散らしたデザインのネックレスを見やり、レティシアははにかんだように微笑む。小粒の真珠にエナメルや黄水晶《シトリン》などを合わせた繊細な細工は、とても可憐な仕上がりだ。

舞踏会の夜に贈られたバラのチョーカーとおなじく、身につければ胸の傷は隠れてしまう。気どらない外出用にと、デュランが新しくあつらえてくれたものだった。

「なるほど、これならどんなドレスでも堂々と着られるじゃない。若さまったら、ますますやるわね～」

感嘆したように眉を上げるミレーナの顔を、レティシアは嬉しくてたまらないといったふうににこにこと眺めた。

ミレーナからの便りで、ようやくマイヤーが新大陸へ帰ったと知らされ、いてもたってもいられなかった。デュランにもそのことを告げると、あらためてマイヤーの帰国を確認してくれ、嬉しい外出許可がおりたのだった。

「あなたがいなくなっちゃってから、なんだか寂しくて。店の娘《こ》たちも、どうしてるかしらねえ、なんてときどき言ってるのよ。でも元気そうでよかった。その調子じゃ若さまともいい感じそうだし、たっぷり貢いでもらいなさいな——まだ当分帰国しないんでしょう?」

「え…ええ、たぶん」

ミレーナの何気ない言葉に、どきりとしたレティシアの肩が小さく揺れる。温かいショコラのカップを手にとり、気持ちを落ちつかせるようにそっと啜《すす》った。

仮面舞踏会の夜いらい、デュランはレティシアの寝室を夜ごと訪れるようになっていた。どういう心境の変化なのかはわからない。けれど、彼のなかでなにかが変わったことだけはたしかだった。

——なんだかまえより明るいお顔になったような気がするの。とくに、あのきれいなブルーの瞳が……。

ただの思いすごしなのかもしれないが、再会後からずっと感じていた硬い殻のようなものが、このごろすこしだけ薄らいだように思えるのだ。

とはいえ生来の気位の高さや、寝室での放埓《ほうらつ》なふるまいはあいかわらずで、結局はレティシアが翻弄《ほんろう》されてしまうことに変わりなかった。

しかし閨《ねや》においての変化は、むしろ彼女のほうが顕著だった。つぎつぎと新たな快楽に目覚めてしまうようで、身体はこわいほど芳醇《ほうじゅん》に潤っていた。

恥ずかしい言葉や命令に従うことでさらに高ぶり、昇りつめてしまう。そんな自身にとまどいながらも、デュランの誘惑を拒むことができない。

ふたりきりで一緒にいられるひとときがとても貴重に感じられて、レティシアは限られた時間のなかで幸せに身をひたす日々だった。

だからこそ、ほんとうは怖くてたまらない。八年前、唐突に訪れた別れの日のように、あっけなく帰国を告げられてしまうのが――。

いつかは来ることなのだと、頭ではいやというほどわかっているはずなのに。

弱く浅ましい自分の心が、情けなくてたまらなかった。

「そう…ですよね。私もはやく母をこちらに呼びたいし。そうしたら、今度こそお針子《はりこ》かなにかでマダムに雇ってもらおうかしら」

ためらいを振り切るように、レティシアはきっぱり微笑んでみせた。

しばらくミレーナとあれこれ話しこんで、また近々会うことを約束する。

「ほんと、ちょっと見ないあいだに、あなたとてもきれいになったわ……ううん、もともときれいだったけれど、匂い立つような色香、っていうの？　すっかり一人前の淑女《レディ》ね」

身も心も……、と色っぽい目つきで言い足され、レティシアは頬を赤らめるのだった。

しかし、送迎の馬車を待たせた広場の片隅まで歩いてくると、ミレーナの表情がわずかに変化した。店いちばんの美女が、ふっと少女のようなまなざしになる。

「……あのね、レティシア。まえにあなたを訪ねてうちの店にきた……」

「ああ、シモ――ドミユールさま、ですね」

あのときは別荘行きを告げられてばたつき、忘れていたが、そういえばシモンといいミレーナといい、ふたりともおかしな挙動だった気がする。

「ミレーナさん、もしかしてお知り合いなんですか？」

「まさか。いいの、やっぱりなんでもない。気をつけて帰るのよ」

じゃあね、と手をふりながら足早に立ち去るミレーナを見送りながら、レティシアも馬車を出す。

――なんだかおかしかったわ……ミレーナさん。急にそわそわしていたし。

しかし、カフェで話しているときはいつもどおりだった。ようすが変わったのは、馬車に乗る直前だ。

思いだしてみれば、ミレーナは馬車の扉をじっと見つめていたように思う。そしてそこには、ドミユール家の紋章が描かれているのだ。

「……あっ！」

自分でもびっくりするくらいの声をあげ、レティシアは、はっと口元を押さえる。

思いだした。シモンが店を訪れる数日前、ミレーナから返事を書いてほしいと頼まれた手紙だ。差出人のイニシャルはＳ・Ｄ――つまり、シモン・ドミユール。

「え、じゃあシモンさんは、ミレーナさんのことを……？」

食事に誘った内容だけだったが、なにもないのに手紙を出すわけがない。またミレーナのほうも断りの返事を出してはいるが、どうも彼のことが気になっているようだった。

――ミレーナさん、なんだかせつなそうだった……館に帰ったら、それとなくシモンさんにも訊いてみようかしら。

ミレーナが困っているのなら、どんなささいなことでも力になりたかった。

しかしいい大人の男女のあいだのことだけに、よけいなことをするのもためらわれる。現に、ミレーナ本人がなんでもないと言っているのだ。

一人前の淑女と言われて嬉しかったものの、ほんとうはまだまだ世間知らずの小娘であることくらい、自身がいちばん自覚していた。

はあ、と小さな溜め息をつき、レティシアは自分の非力さに肩を落とすのだった。

「……なんだ。昨日から、やけに人の顔をじろじろと。言いたいことがあるならさっさと言ってくれないか」

「ご、ごめんなさい。なんでもないんです」

翌日の夜は演奏会があり、レティシアはデュランと劇場にくりだしていた。

──やっぱり無理だわ。言えない……。

シモンのことはデュランに相談するのがいちばん妥当に思えたのだが、彼の性格からして、あまりいい回答は期待できない気がしてきたのだ。他人ごとに首を突っこむな、と叱られるのが楽に予想できる。

そんなためらいが透けていたのか、デュランは機嫌が悪そうだった。

「なんでもなくはなさそうだが……まあいい。戻ってからゆっくり訊くことにしよう」

つまりそれは寝室で──という意味で、レティシアはうろたえた。

あの調子で一晩中、執拗《しつよう》に尋問などされたら身体がもたない。かといって、まったくの作り事を言えばすぐにばれて、またおなじ結果になってしまう。

そこで、しかたなく口をひらいた。

「シモンさんって、どういう感じの女性がお好きなんでしょうね。いまお付き合いされているかたとか、いらっしゃるんですか」

「……なぜ急にあの男の話になるんだ」

「実は昨日、ミレーナさんにちょっと頼まれたんです。あのかたのことを好きな踊り子さんがいるみたいで、訊いてみてと」

なんとか話を合わせたつもりだが、デュランは胡散臭《うさんくさ》そうにブルーの瞳を眇める。

「あの男は見かけによらず、生来の女好きだ。やめておいたほうがいい」

やがてそれだけ言うと、興味を失くしたように瞳をとじ、演奏に聴きいってしまう。

――もう……。自分だって、人のことがいえるのかしら。

女性をあつかい慣れた行為の数々を思いだせば、胸にチリッ、と小さな火花が散る。情けない焼きもちだとわかっていながらも、ついレティシアはデュランの端整な横顔を、こっそり睨んでしまうのだった。

しかしこの夜――演奏会が終わって、ふたりが箱馬車に乗ろうとしたとき、思いがけない出来事が起こった。

「まあ、お久しぶりだこと。いつこちらにいらしたの？」

帰路につく人々のなか、デュランに声をかけてきた貴族夫人がいたのだ。

レティシアの母と同年代くらいに見えるが、艶やかな顔立ちと装いのせいで若く見えたのかもしれない。しかし華やかというより、派手といったほうが近い雰囲気である。

「……失礼、人ちがいです」

けれどもデュランはシルクハットを目深に引き下げると、そっけなく答え、すぐに馬車を出してしまった。そしてドミユール家の別荘に戻るまでのあいだ、不機嫌そうなおももちで、ほとんど口をひらかなかったのだ。

——あのかた、ほんとうに人まちがいをしただけだったのかしら。それとも……。

なんとなく引っかかりをおぼえてしまうのは、最近、気になることがあるからだ。

デュランはときおり、こうしてレティシアを食事や観劇に連れだしてくれるが、いつも席は個室ときまっている。そして舞踏会といった催《もよお》しも、かならず仮面やマスクをつけるものに限って参加していることに気づいたのだ。

外遊中の子爵ともなれば、もっと積極的に王都レリスの社交界にかかわり、交友を広めるのがふつうではないかと思うのだが、デュランはむしろその逆で、シモン以外の貴族と親しく接しているのを見たことがなかった。

もっとも八年前、リュシオール城に滞在していたときでさえ夜会ひとつ催したことがないのを知っていたから、単に社交嫌いなだけなのかもしれない。

そうした疑問を、レティシアはデュランに尋ねようとはしなかった。胸の傷のこととおなじく、彼が自分から話してくれるときまで待とうときめていたからだ。

しかし同時に、ある考えも頭をよぎった。

――私が一緒だから……？


ひやり、と胸を氷で撫でられたような冷たさがよぎる。

表向きは交際中の紳士淑女に見えるかもしれないが、実際は買ったものと買われたもの――主従の契約を交わした関係はけして覆《くつがえ》らない。

そんな囲われ者を、わざわざ社交の場で紹介するだろうか。人によっては愛妾《あいしょう》を堂々と連れ添っている成金もいるのだろうが、ふつうは人目を避けて行動するのが当然のように思われた。

このところデュランはシモンと日中、外出していることも多く、執務や交友関係はレティシアのいないところできちんと行っているのだろう。

――そうよね……よく考えてみたら、あたりまえのことなのに。

〝身分ちがいの恋なんて、つらいだけなのにね〟

ふといつか、ミレーナが言っていた言葉を思いだす。彼女もそのつらさをわかっているからこそ、シモンから距離を置きたいのかもしれない。

馬車に揺られながら、レティシアは複雑な想いにそっと瞳を伏せるのだった。

郊外の別荘に戻ると、夜の沐浴《もくよく》を済ませる。滞在している客間のドレッシングルームで夜着に着がえ、淡いピンクのシルクのガウンを羽織った。

メイドたちが下がってしばらくすると、おなじく漆黒のガウンを羽織ったデュランが寝室に入ってきた。

いつもならすぐに激しいキスや愛撫をしてくれるはずだが、今夜のデュランは、ただレティシアをしっかりと抱き寄せ、そっとくちづけしてきただけだった。

「……今夜はこのまま眠りたい。かまわないか？」

「ええ、もちろんですわ。最近は執務のお出かけも多いですし、お疲れでしょう」

いや…、と吐息混じりに答えたものの、デュランはそれ以上、なにも言わない。そんな彼の頬をそっと撫でれば、おぼろな月明かりを映すブルーの瞳が、憂《うれ》えたように揺れているのが見えた。

――ああ……このまなざし……。八年前、丘のうえからはるか王都を眺めていたときとおなじだわ……。

演奏会の帰り、あの貴族夫人に声をかけられたことが関係しているのだろうか。

彼の胸の内はわからないけれど、ひとりで眠りたければここに来ることはないはず。

誰しも男女の関係なく、ただ人の温もりだけがほしいときもあるのだろう。そんなとき、すこしでも彼のためになれるのなら。

そう思うと、あらためてデュランへの愛おしさがこみあげ、胸がいっぱいになる。

そのまま灯りを消して寝台に横たわり、彼の体温につつまれているうちに、とろとろと睡魔がやってくる。

しかし――。

「…ん……」

どのくらい時間が経ったのだろうか、ふといつもとちがう気配を感じて、目を覚ます。

誰かの声が聞こえた気がして、こわごわと寝室内を見まわす。しかしもちろん自分とデュランしかいない。

「わ……るな…」

「デュランさま?」

隣に眠るデュランがうなされているのだとわかり、そっと声をかける。

「……わたし…に……触るな……っ」

「起きてください、デュランさま。私です、レティシアです」

まるで熱にうかされたように苦しげで、レティシアはあわてて彼を揺り起こす。はっとブルーの瞳が見ひらかれ、跳ね起きたデュランは呆然と彼女の顔を見つめた。

「――きみか……。驚かせたな」

寝乱れたダークブロンドの髪が、汗に濡れている。レティシアはすぐに寝酒のブランデーをグラスに注ぎ、彼に手渡した。

「やはり、疲れていたようだ。すまなかった」

溜め息とともにくしゃりと髪をかき上げ、自分の部屋に戻ろうとする。

「ここに、いてください」

そう言ってしまってから、レティシアは自分でも驚く。けれど、今夜は彼をひとりにしてはいけないような気がしたのだ。

「またうなされでもしたら、きみが眠れないだろう」

「いいえ、私はだいじょうぶです。それにもしまたいやな夢を見たら、すぐ起こしてあげられます」

きっぱりと口元を引き結び、意地でも帰さない、といったようすのレティシアに、やがてデュランは根負けしたように苦笑した。

「きみに説教されるのは八年ぶりだ。まるで子供のときと変わっていない……再会したときは、ずいぶんしおらしくなったものだと思ったが、やっと本性をあらわした、といったところだな」

「ほ、本性だなんて……、ひどいわ」

幼いころのませた口ぶりを揶揄《やゆ》されて、レティシアの頬が赤くなる。けれど、彼が昔のことを自然と口にしたのははじめてで、それがとても嬉しかった。

——それにしても、いったいどんな夢を…ただの疲れならいいけれど……。

そう思いながら、レティシアは瞳をとじる。デュランも、今度は朝までうなされることはなかった。

やがてカーテンごしにぼんやり朝の気配が寝室に満ち、レティシアが目を覚ますと、隣にいたはずのデュランがいない。

もう自室に帰ってしまったのだろうか、とすこし寂しい思いでいると、扉があいた。

デュランが入ってくるのと同時に、思いがけない香りがただよう。

——あ……。

甘く、そしてどこか爽やかな香り。レティシアは若草色の瞳を瞬《まばた》いた。

「そろそろ目が覚めるころだと思ってな。昨夜の礼だ」

寝台脇の小卓に、コトンと無造作に置かれたカップ。湯気のたつショコラのうえに、削ったオレンジの皮がふんわりかかっている。

「これは……」

「ほら、温かいうちに飲まないと、風味が落ちてしまうぞ」

いつもの容赦ない口調でせっつかれ、火傷《やけど》しないように注意しながら、カップを啜る。

すると、忘れもしない懐かしい風味が、じんと胸の奥をふるわせた。

「そう、この味だわ。やっぱり、美味しい……」

「たかが飲み物くらいで泣きそうになるな。暇なときなら、いくらでも作ってやる」

「って、もしかしてデュランさまがお作りになっていたんですか!?」

仰天し、つい興奮するレティシアに呆れながらも、デュランはどこか得意げだ。てっきりレシピをメイドに伝えて作らせているのだとばかり思っていた。

「でも想像できないわ……まさか、デュランさまが厨房に立たれるだなんて」

「残念ながら、この味を出せるのは私だけなんだ。当然、きみにも教える気はない」

「ま……、意地悪」

ぷっとむくれた顔をしながらも、レティシアはショコラをしっかり最後まで飲みほしてしまう。それをまたデュランにからかわれ、最後には自分も笑顔になってしまった。

「そうだわ」

つい一昨日、やっと仕上げたばかりのスカーフのことを思いだす。昨晩はデュランに手渡せる雰囲気ではなかったが、いまならば。

「これは？　きみが縫ったのか」

「はい。たいしたものではないのですけど。よければお使いください」

男性でも使えるようレース刺繍《ししゅう》は控え気味だが、そのぶん精緻な模様をと心をこめて縫ったつもりだった。

「使えないな」

「あ……、お気に召しませんか」

肩を落としかけるレティシアに、じっとスカーフを手にとり見つめていたデュランがつづける。

「いや。こんなに良い品をとても気軽には使う気になれない、という意味だ」

思わぬ賛辞に、若草色の瞳がぱっと輝く。

「よかった。シモンさんのぶんもあるんです。装飾はすこし抑えめにしてありますから」

「あの男には贅沢《ぜいたく》すぎるだろう。二枚とも私が貰っておくから安心しろ」

「まあ」

当然だ、と言わんばかりのデュランのようすに、レティシアはぷっと吹きだす。

まるで八年前とおなじ空気が戻ってきた気がして、幸福を噛みしめる。

限られた時間だとわかっていても、いまはそれを忘れていたかった。


その、数日後のことだった。

「やあ、これはレティシアさま。今日もお美しくてなにより」

午後の散歩に出かけるところで、レティシアはシモンとばったり顔を合わせた。

このところ彼もなにかと忙しいようで、王宮そばのドミユール伯爵家の本宅に戻っていることが多いようだった。

「あ、ありがとう。シモンさんも、お元気そうです」

彼の顔を見れば、どうしてもミレーナのことが頭をよぎる。けれどその名を話題に出し

ていいものか、いまだに迷っていた。

「はは、体力だけが取り柄のようなものですからな。ところで子爵どのをごぞんじないか」

「いえ、私もお昼からはお姿を見ておりませんわ。お出かけになられたかと」

「そうか、ではすれちがったかな。や、ありがとう」

いつものきびきびした口調で言ったあと、シモンは急に咳払いをした。

「ところで……よろしければ少々、お時間をいただけませんか」

意外な申し出に驚いたものの断る理由もなく、レティシアは彼の執務室に招かれた。

ぎっしりと書物の収められた書棚が並ぶなか、いくつか置かれた東洋の美術品が部屋の空気を和らげている。彼が東洋美術を愛好していることは、ミレーナに贈ったあの美しい手漉《てす》き紙の封筒からも察せられた。

メイドが紅茶と菓子を置いて下がると、シモンはいつもの彼らしくもなく、落ちつかなげに口をひらく。

「勝手を言って申しわけない。あー、その、単刀直入にうかがうが、先日レリスでお友達に会われたとか」

「あ」

ようやくシモンの目的がわかって、レティシアは納得した。彼もミレーナが気になっているのだ。実は、手紙の返事を代筆したのは自分なのだと告白して謝ると、シモンはうなずいた。

「とても美しい文章だったので、あるいはと……。いや、それはいいのです。彼女……その、ミレーナには誰か想い人がいるのかどうか、知っていたら教えていただきたい」

その口調はとても真摯で、デュランが言っていたような女好きとは思えなかった。

「お恥ずかしい話だが、子爵どのをお連れした〝ブーケ・ルージュ〟で彼女を見ていらい、どうにも調子が狂ってしまって……私らしくもなく、忘れられないんだ。舞台衣装をまとって踊る姿も美しいが、素顔を見てからというもの、ますます――パトロンがいるのなら、そちらとも堂々と話をつけるつもりだ」

あまりに率直すぎる問いかけに、レティシアは困り果ててしまう。しかし下手な嘘をつけばよけいに話がこじれてしまうと思い、懸命に言葉を選んで説明する。

「ごめんなさい、私にもミレーナさんの私生活はわからないんです。ただ、シモンさんにお断りの手紙を出したのは、やはり身分がちがいすぎるからではないかと……」

「ああ、やはりそうだったのか。食事くらいならと思ったが、賢い女《ひと》だ。実を結ばぬ関係になど、深入りしたくないのだろうな……」

肩を落とすシモンの言葉が、レティシアの胸にもズキンと刺さる。

そんな言いかたをしないでほしい、とつめ寄りたかったが、もし彼が本気だったとしても、家柄からしてミレーナと結婚するのは難しい。身分差に悩んでいるのはシモンもおなじなのだと気づき、きゅっとドレスの裾を握りしめた。

「……あの、今度ミレーナさんに会うとき、なにかお伝えしましょうか。食事ではなくて、たとえば広場で散歩をするとかなら、だいじょうぶかもしれませんし」

「ありがとう。すこし考えさせてもらうよ」

そう言って、シモンは落ちつきをとり戻したのか、卓のうえの珈琲《コーヒー》を飲んだ。

「あなたは子爵どのと、いつも仲がよさそうだ。天性の相性というものがおありなのでしょう。うらやましいかぎりだ」

「そ、そうでしょうか」

「ええ。あのかたの傷を癒してくださっている。私からも礼を言わせてください」

いつにない物言いに、レティシアは驚く。友というより、まるで臣下のようだ。

「傷を、癒す……?」

よくわからない、といった彼女に向かって、シモンはなにかを決意するかのように、深く息をついた。

「こんなことを言うのは失礼だと重々承知しています。ですがあなたは、あのかたがうなされているのを聞いたことはありませんか」

思いがけない言葉に目をみはった。つい先日の光景がよみがえる――やはりデュランはなにかに苦しんでいるのだろうか。

「ええ、ついこのあいだも……触るなといって、ひどくおつらそうでした」

そうですか…、とシモンは苦々しい表情で顎を撫でる。

「ずっと私ひとりの胸におさめておくべきかどうか、迷っていました。私とあなただけの秘密にすると、約束してくださいますか」

「はい。たとえほんのすこしでも、デュランさまのお役にたてるのなら」

迷いのないレティシアのまなざしに、シモンはうなずく。

「そう言ってくださると思っていました。過去をあなたに知られたとわかれば、あのかたの矜持《きょうじ》がけして許さない――でも、私はやはりあなたに聞いてもらったほうがいいのだと確信しましたよ。レティシアさま、あなたなら、あのかたの背負う苦しみごと、すべてをつつみこんでくださるはずです」

茶がかったヘイゼルの瞳が、まっすぐにレティシアを見つめていた。

◇◆◇

緑が美しい田園の丘陵《きゅうりょう》に、午後の太陽がゆったり傾きはじめている。

レリスの街から別荘に戻ったデュランは、シモンの執務室へと向かっていた。

王宮に出向いた帰り、ドミユール家の本宅に立ち寄ったが入れちがいになってしまったのだ。

別荘に帰る途中、レリスの目抜き通りにある高級店で、絹製のガウンを見つけた。精緻で鮮やかな刺繡の入った東洋の貴重品だ。レティシアの白い肌がよく映えそうで、手土産《てみやげ》にと御者に言いつけ、買い取ってある。

ブランセル子爵を名乗るのも、あとわずかの辛抱だった。そうすれば彼女を――。

しかし階段を上りきったところで、廊下の奥のドアがひらくのが見えた。

驚いたことにレティシアがいる。いったいなぜこんなところに、と見ていると、ひどく動揺しているようすだ。

そしてその彼女を、シモンが背後から抱きしめていた。

その光景を目にしたデュランは、そのまま階段を下り、まっすぐ自室へと引きかえす。

いまのはいったいどういうことなのか――いくら女に手のはやいシモンとはいえ、自分をこんな形で裏切るとは思えなかった。

そして、レティシアも。彼女を疑いたくなどない。

きっと理由があるはずだ、とデュランは気持ちを落ちつかせようとする。けれど、ことレティシアのこととなると、どうしても冷静ではいられなかった。

シモンに女遊びの影がなくなったのは、レティシアと再会したころではなかったか。

それに、たいして気に留めていなかったが、このあいだはレティシアがシモンの好みの女性を聞いてきた。

「……彼女はちがう。オルストランドの女どもとはちがうんだ……！」

わかっているはずなのに、息苦しい疑惑が過去の亡霊を呼びだして、夢魔のようにまとわりついて離れない。

弄《もてあそ》ぶように自分を抱いた女たち。オルストランド大公の愛妾を筆頭に、その取り巻きや娘たちまで、一晩に何人もの相手をしなければならなかった。

むせるような香水と脂粉《しふん》の匂い、もの欲しげに身体をまさぐるいくつもの手や舌先。媚薬さえ使われて何度も怒張と吐精を強いられ、我を忘れるまで快楽の淵に落とされる。愉悦に喘ぐ淫らな嬌声は、いまも悪夢になって追いかけてくる。

最初の二年間は完全な慰み者だった。そのあとは逆に愛技を使って女たちを酔わせることを覚えたが、それでも奉仕する立場にかわりはなかった。

そんな年月をすごした自分が歪んでいることくらい、よくわかっている。

けれどようやくその枷《かせ》から解き放たれ、初恋の娘を探し当てたのだ。

最初は強引に金で囲うような真似をしたものの、この別荘の生活にも馴染み、夜ごとの愛撫にも応えてくれていると思っていた。

悪夢にうなされた自分を健気《けなげ》に守ろうとさえして——そう、レティシアなら、けして嘘などつかない。ほんとうのことを話してくれるはずだ。

なにかに追い立てられるように、デュランはレティシアの部屋に向かっていた。

◇◆◇

「デュランさま……い、いつお戻りになられたんですか」

ノックもせず、いきなり入ってきたデュランに、レティシアはびくり、と目をみはった。

心のなかで、ついさっきシモンから打ち明けられた話の衝撃が、まだ渦を巻いている。

ショックのあまり、めまいにふらつき、執務室を出るときは身体を支えてもらわなければならなかった。

けれどそれをデュラン本人に、けして悟られてはならないのだ。

シモンの言葉は、レティシアを深く信頼してくれたからこそそのものだった。

『……もちろん、なぜそのような生活を強いられたのか、しかるべき理由はあります。しかしいまはまだ、私の口からは申し上げられない。けれど、そうしなければあのかたはオルストランドで生きていくことができなかったのです。そしてそのせいで、誰も、なにも信用できなくなってしまった。当然、男女の関係も言うにおよばずです』

信じたくなかったけれど、思いあたるふしはいくつもあった。

再会の夜、マイヤーとの婚約を責めた口調。女は信じられない、きみだけはちがうと思っていた、という言葉の数々。歌劇場で貴族たちの火遊びを軽蔑したときのまなざし。それにあの、苦しげなうわ言――演奏会の帰りに声をかけてきた夫人は、彼を知るオルストランドの貴族だったのだろうか。

女性を抱き慣れていると思ったのも、放蕩《ほうとう》が理由ではなかった。そうしなければならなかったからなのだ。

八年前の自分は死んだのだという彼の言葉の意味が、ようやくわかった。

やるせなさに胸が詰まる。どんな理由があったにせよ、彼ほど気高い人が、たった十六歳の若さでそんな生活を強いられ、何年も耐えていたなんて。

そうした思いをすべて封じこめ、レティシアはデュランを見やる。態度がぎこちなくならないよう気をつけたつもりだった。

しかし――。

「どうした、急に私があらわれたので、驚いているようだな」

「そ…そんなこと、ありません」

「訊きたいことがある」

デュランは探るような鋭い目つきでそう言い放つ。寝室に連れていかれ、いきなり服を脱ぐように命じられた。

「ど、どういうことですか」

まさかさっきのシモンの話を聞かれているわけもなく、いったい、なにに苛立っているのかわからない。しかし、おろおろしているレティシアに向かって、デュランは荒々しく彼女のドレスに手をかけた。

「私の言うことがきけないのか？」

「そんな、急に……きゃ……っ！」

あまりに強く胸元を引っぱられ、ドレスのリボンが破れてしまう。彼が本気なのだと感じ、レティシアはそれに従うしかなかった。

しかしまだ陽は落ちきっておらず、寝室内はオレンジ色の西日に明るく染まっている。沐浴以外、こんな時間に肌をさらしたことはない。

ドレスがぱさりと床に落ち、レティシアは白いレースが清楚な、淡いブルーのコルセットとランジェリーだけの姿になった。けれどデュランはそのすべてをとり去るよう告げる。もうこれで許して、と懇願したものの、聞き入れてもらえない。

「……っく…」

コルセットの編み紐を自分の手で解き、ゆるめていく。両手で乳房を隠しながら、ぎこちなくそれを外した。それだけで、恥ずかしさに頬が燃える。

――どうして……いったい、なにがあったの……？

するとそのとき、つづきになっている隣の居間をノックする音がした。怯えるレティシアをその場に残して、デュランが誰何《すいか》する。しばらくして戻ってくると、その手には新しい衣装箱があった。

「ちょうどよかった。きみへの贈り物にと今日、買ってきたものだ」

白地に緋色や錦の花々を散らした、豪華な東洋のガウン。レティシアは驚いたが、状況が状況だけに、見惚れている余裕などどこにもない。

「すべて脱いでくれと言ったはずだ。そうしたら、これを着せてやる」

やはり、いつもとはちがう。ふだんのデュランはもし意地悪なことを要求したとしても、彼自身が愉しんでいるのが伝わってきたし、誘惑の声はもっと甘い囁きだった。こんな硬い表情のまま、高圧的な命令をしてきたことなどない。

「せめて理由を教えてください。でないと……」

「強情だな。もういい」

冷ややかな瞳でレティシアを見やると、デュランは衣装箱からガウンと揃いの帯紐を取りあげる。やわらかな絹でできたそれをレティシアの手にまわし、あっというまに後ろ手に縛り上げてしまった。

「あ……い、いやっ……！」

たわわな果実が陽光に白々と照らされ、レティシアは激しい羞恥に身をよじる。

バサリととかれた長い髪が、きらきらと輝く滝のように白い肌をおおっていた。

けれどデュランはそれでも満足せず、彼女を壁にかけられた姿見のまえに連れていく。

「……っ」

あわてて目をつぶったものの、一瞬、鏡に映る自分の半裸が視界に残り、かあっと頬が熱くなる。

「さて、これでもうきみは抵抗できない……シモンの部屋でなにをしていた」

その言葉に、レティシアは頬を叩かれたような衝撃をうける。いったい、どうしてそれを――と言いかけるのを、必死にこらえた。

「……まえにも言いましたわ。お店の踊り子さんが、シモンさんに片思いしているって……それで、聞きにいっただけです」

するとブルーの瞳が眇められ、デュランの声音《こわね》が低くなる。

「それだけのために、わざわざ彼の部屋に行く必要があるとは思えない。ほんとうはどうなんだ」

――まさか、私とシモンさんとのあいだを疑っているの……？

おそらく、館に帰ってきたデュランに執務室を出るところを見られてしまったのだろう。そうとしか考えられない。

「それだけ…です。部屋を出るとき、ちょっとめまいがして……それでシモンさんに支えてもらいました」

「なるほど。たしか、はじめて深紅の間を訪れたときも、きみはそうやって倒れそうになっていたな。おなじ手で私の留守中に、シモンを誘惑しようとしたんじゃないのか」

「な……っ、ちがうわ……！」

思ってもいなかったきつい言葉に傷つけられて、レティシアは首をふる。

「わかっているでしょう、シモンさんはそんな人じゃないって。私だって……」

「だったらなぜ真実を言わないんだ、レティシア」

痛みをおぼえるほど強く肩を掴まれ、びくりと目をあける。まっすぐに見つめてくる真摯なまなざしが、いたたまれなかった。

彼にはわかっている。自分がなにか隠しごとをしているのを、悟っているのだ。

〝過去をあなたに知られたとわかれば、あのかたの矜持がけして許さない――〟

けれどシモンの言葉は正しい。これ以上、デュランを傷つけてはならなかった。たとえ自分が、ふしだらな娘だと蔑《さげす》まれようとも。

「……っ」

視線を外し、床に目を落としたレティシアをデュランは無言で見つめる。おもむろに下肢に手を伸ばすと、ランジェリーをむしり取った。

「…やぁ……っ」

耐えきれず、やわらかな毛足の絨毯のうえに座りこんでしまう。一糸まとわぬ淫らな姿が真昼の鏡のなかにさらされ、レティシアは羞恥に打ちひしがれた。

ふるえる頬をしっかりとらえられ、顔をそむけることができない。目をつぶろうとすれば、ぎゅっと乳首をつねられて、それさえかなわなかった。

「シモンとのことは、この際置いておく。あの男もそれほど愚かではないはずだからな――だが、きみは私になにか嘘をついている。すべてを捧げると言ったのは口先だけだったのか？」

デュランの声が、かすかに揺れていた。激情を抑えるあまり、優しくさえ聞こえてしまう静かな囁き。

自分はそれほど、彼を怒らせてしまった――。

けれど、もうどうすることもできない。

「ん…んぅ……っ」

とじあわせていた太腿をひらかされ、花唇に伸びた指が、見せつけるようにくちゅりと秘裂を広げる。熟れた果肉を執拗にまさぐられ、びくびくと腰が揺れた。

「いやっ……いやぁあ……恥ずかしいの……っ」

こんなときでさえ、夜ごとの愛撫に慣らされたそこは、円を描くような指の動きに反応してしまう。くちゅ、くちゅっとしだいに愛蜜があふれ、はしたなく絨毯を濡らす。下肢がじんわりと淫靡《いんび》な熱に侵されていた。

そんな自分が情けなくてたまらないのに、はしりはじめた快楽をとめられない。

「すっかり淫らな身体になったな。もうぐしょぐしょに濡らして……よく見るんだ」

「……あ、ぁ…ちがう……の……、ひぁ、あっ」

「触ってもいないのに、ここも硬くなっているじゃないか」

ツンと勃ちあがりかけたふたつの乳頭に、濡れた指で淫らな蜜を塗りたくられ、あぁあと背をそらす。

感じてしまうのは、デュランだからだ。もしほかの誰に触れられても、こんなふうになったりしない。

「だって……わたし、あなた…しか……」

潤んだ瞳で訴えるように、鏡のなかの彼を見つめる。すると、逡巡《しゅんじゅん》するように顔をそむけたのは、デュランのほうだった。

「そんな目で、人を誑《たぶら》かすのはやめてくれ」

「ちが…わたし、ほんとうに……」

言ってしまいたかった。八年間ずっと変わらずに、愛しているのだと。

けれど言ってどうなるのだろう。ミレーナとシモンのように、たがいに想いあっている者同士でさえ、身分の差に勝てはしないのに。

ましてや金で囲われた自分に、そんなことを言う資格などない、とレティシアはあふれそうな気持ちを必死でこらえる。

「…ひ……っ……あ、ぁあ……」

そんな彼女をますます責めたてるように、ひくついた蜜口に二本の指がヌプリと沈み、ゆっくりと花筒を掻きまわした。ずくん、と腰の奥底がねだるように脈うつ。

じゅぷじゅぷと粘ついた音が明るい寝室に響き、鏡にははしたない光景がくっきり映りこんでいる。

潤みきった秘裂に男の指先を吸いこみながら、頬も、耳朶も紅潮させ、たわわな乳房を弾ませるように揺らす卑猥な姿。

興奮している証しを見せつけるように、胸元の傷痕までが、まるでほんとうのバラの花のように赤く色づいていた。

――どうして……こんな……っ。

けれども熟れきったやわ襞は、レティシアの意思とは関係なく、デュランの指をひくんひくんとせつなく締めつける。もっとも感じる敏感なあの膨らみを弄《いじ》ってほしくて、焦れたように腰がくなくなと動いてしまう。

しだいに最奥の熱が高まり、身体が小刻みにふるえる。しかしそんな反応を見越したように、意地悪な指先は動きをとめてしまう。

「…あっ…ん……んんっ……いやぁ……ぁ」

達しそうで達しないもどかしさに、身体をよじってむせぶ。

「いきたいんだろう。ほんとうのことを言えば、いかせてやる」

しかしその言葉が、快楽に霞《かす》みかけた意識をはっと引きもどす。頬を染めたレティシアはバラ色の唇をきゅっと結び、顔をそむけた。

けれど当然、そのしぐさはデュランの苛立ちを、さらに逆撫でしてしまう。

「思ったよりもしたたかだったのだな、きみは。こうなると、やはりあの資産家の件も胡散臭く思えてくる」

疼《うず》く花唇から指を抜き、デュランは冷ややかに言い放つ。手首を縛ったままのレティシアを無造作に抱きかかえ、寝台へと運んだ。

「ちがう……ちが…うわ……私……」

信じてほしい、という言葉をレティシアは呑みこんだ。彼に隠しごとをしているその口で、どうしてそんなことを言えるだろう。

もし、もっと冷静でいられたなら――いつものレティシアなら、ブルーの瞳の奥によぎる苦悩の色を、敏感に感じとれたはずだった。けれど、ひどくとり乱したいまの彼女に、その余裕はなかった。

「きみのことをどうやら見誤っていたようだ。今日限り、契約は終わりにしよう。どこへでも好きなところへ行くがいい」

「……！」

ぱりん、と心の奥でなにかが砕ける音がした。

呆然とするレティシアの目のまえで、デュランは無造作にタイをほどき、着ているものを脱ぎ捨てる。

「せめて、最後にその身体をたっぷり味わわせてもらおうか」

氷のようなまなざしでそうつぶやくと、横たわるレティシアの太腿を押しあげ、猛った肉棒を蜜口へと突きたてた。

「あ…っ、……は、あぁ、あぁあ！」

さんざん指で弄られ、とろけきっていた花芯がわなないた。ズブズブと押し入ってくる太い剛直を待ち望んでいたように、やわ襞が貪欲に絡みつく。

「んあ…ぁ……、あふ……っ」

焼けつくような快感の塊りが、憔悴《しょうすい》しきった精神を浸食していく。

シモンの衝撃的な告白、そしてデュランの冷酷な尋問。それだけでレティシアの心の負荷はとうに限界だった。

そのうえ今日限り、最後——という宣告を、粉々に砕け散った心はもはや受けいれることができなくなっていた。いや、理解したくないあまり、理性よりも先に拒絶した。

おそろしい現実から逃れる場所は、もはや快楽の幻宮《げんきゅう》しか残されていない。

「…あ…ふっ……あぁ……ん……」

ずん、ずんっと激しく突き上げられながら、ゆらりと腰を蠢《うごめ》かせれば、ゾクゾクするような悦楽が花唇をとろかす。

もうなにも考えたくなかった。ただ頭を空っぽにして、欲望に高ぶらされたはしたない身体を、思うままに貪《むさぼ》られたい。そのあいだだけは、デュランと触れあっていられるのだから。

「……あぁ…、いい……そこ…ぉ……もっと、ください……」

「は……別れ話を切りだしたとたん、これほど興奮するとは。そんなに嬉しいのか」

みずから腰を激しくくねらせて、ああ……と淫らにむせぶレティシアを見下ろし、デュランは冷ややかにつぶやく。

けれど投げつけられる容赦のない言葉も、もはや意味を成さないただの音の羅列にしか聞こえなかった。デュランを歓ばせるためだけの浅ましい生き人形になってしまえば、快楽以外、なにも感じなくて済む。

「…いいの…こわして……私を……めちゃくちゃに……して……」

「それがきみの望みなのか？　ほんとうにそう思っているのか」

「はい……して、ほしい…ですっ……ああん、もっといっぱい、いっぱい突いて……」

ならば望みどおりにしてやると、がくがくと激しく揺さぶられ、硬い灼熱の楔《くさび》に逞しく突き上げられる。

張りだした雄のくびれに、いちばん感じる女襞の膨らみをごり、ごりっ…と擦りぬかれれば、太い快楽が吹きあげて、たまらなかった。

若草色の瞳はとうに焦点を失って、薄くひらいた唇から透明な雫《しずく》がとろとろと糸をひいている。

——ああ……そうよ……もっと最初から、こうしていればよかった……そうすれば、デュランさまを怒らせることだってなかったのに……。

傷つき血を流す心を捨ててしまおうと、レティシアはみずから淫らな愉悦の森の奥へと逃げ込んでいく。彼の手で壊されるなら本望だった。

「……っ、そんなに欲しいのなら、自分で動いてみろ」

繋がりあったまま抱きおこされたレティシアは、デュランの腰のうえに座らされた。硬い肉茎はずっぷりと花筒の最奥まで埋まり、どくどくと脈うっている。

「あん……これ…いい…きもち……いいの……ふぁあんっ」

本能の命ずるまま、腫れあがった肉の紅玉をデュランの下腹にぐちゅぐちゅと擦りつけるように押しまわし、レティシアは髪をふり乱して喘ぐ。

「もっと、もっと強く……抱いてください……デュランさま……っ」

「——レティシア……ッ」

甘い声で懸命にねだると、やがてデュランも理性をふり捨て堰《せき》が切れたように、弾む乳房にむしゃぶりついた。

「…ひ……ん……っ」

彼から激しく求められる嬉しさに、自身が紡ぐつたない快楽が何倍にもなる。

痛いほど揉まれ、吸われる乳首から、狂おしいほどの愉悦が伝わり腰の奥を揺さぶる。

きゅううっと、やわ襞が張りつめた肉棒をきつく締めつけた。

「……はぁ……い、く……いっちゃ……ぁ」

後ろ手に縛られたまま大きく胸をそらし、せりあがる快楽をこらえきれない。

ひときわ強く腰を打ちつけられたせつな、ドクッ…、と花筒の最奥でいきおいよく雄蜜が弾けた。

「ああっ！　…んんっ……ふあぁん……っ！」

波のように押しよせる濃密な愉悦に、なすすべもなく昇りつめていく。

気持ちがよすぎて、もう死んでしまいそうなほどなのに、なぜか気づけば涙が頬を濡らしている。

いっそこの瞬間、泡のように溶け、彼のまえから消えてしまいたかった。

そんなやるせない思いを抱きながら、デュランの熱を一身に受けとめる。

――と。

「……きみを…、信じて……いたかった」

吐息混じりにつぶやかれた掠れた声に、レティシアは華奢《きゃしゃ》な肩をぴくりと揺らした。

「金で無理やり買い取っただけだということは、わかっている。なのに……だめだ。やはりきみを手放すことなどできない……二度と離したくないんだ」

「……え……」

端整な顔を苦しげに歪め、細い腰をすがるように抱きしめてくるデュランに、遠のいていたレティシアの正気が戻ってくる。

「あ……なにをおっしゃっているのか、わ、私には……」

「八年前、あのリュシオール城での生活は、私に生まれてはじめての穏やかな安らぎをもたらしてくれた」

それまでの自分は、他人にほとんど興味を持たずに生きてきた、とデュランは告げた。

だが行きがかり上、父親にむごい手傷を負わされた少女を、さすがに放っておくことはできなかったのだ、とも。

しかし、レティシアの屈託のない明るさやませた言動、とりすましたところのない活き活きとした若草色の瞳——どれも彼にとってははじめて接するもので、気づけば自然と笑みを誘われていた。我ながら不思議なほど、彼女をほんとうの妹のように思うようになっていたのだ。

「あのころの私はつねに苛立っていた。きみの存在が、どれほどそれを救ってくれていたのか——はっきりそれがわかったのは、オルストランドに渡ったあとだった」

はっと背をこわばらせたレティシアに、デュランは自嘲めいた哀しげな笑みを浮かべる。

「……もうシモンから聞いたのだろう。それできみはあんなに口をとざしていたんだな。いいんだ……冷静に考えればわかりそうなものを、私もよほど頭に血が上っていたらしい」

屈辱的な日々にまみれ、しだいにレティシアのことさえ記憶から薄れかけようとしていたとき、デュランはたまたまモード誌に載っていた少女の絵姿を見つけたのだ。

元気そうで安心した反面、革命未遂後、リーシェ家がますます生活に困窮《こんきゅう》しているのはまちがいなく、気がかりでならなかった。やがて不定期にモード誌にあらわれる彼女の絵姿を、異国の地で待ち望むようになった。

「誰も信用できず、心を閉ざした泥沼のような年月のなかで、きみの姿だけが唯一の癒しだった。そして少女からひとりの女性として成長したきみのことを、もはや妹のようには思えなくなっていた。きみを迎えに行くことだけを考えて、ずっと生きてきた」

「デュラン…さまが……わたし…を……」

ぽつりと口にして、愕然《がくぜん》とする。

悪夢のような歳月に苛《さいな》まれ、人を信用できなくなった彼が、それでもレティシアを信じようとしてくれたなんて。

だとしたら、自分のしたことは、なんとひどい裏切りに映ったことだろう。誇り高いデュランの矜持を守るために口をつぐんだはずが、結果、彼を深く傷つけたことに変わりなかったのだ。

——……あ……わた……し……なんてことを……。

ひとりでにまた涙が頬をつたって、ぱたぱたと裸の胸元を濡らした。

「恨むなら恨めばいい。だがきみを離すつもりはない……たとえ憎まれ蔑まれようとも」

「ちがう、ちがうんです！」

デュランの青ざめた顔を、レティシアは涙で濡れた瞳でまっすぐに見すえた。

「ほんとうのことを言います、デュランさま」

いまさらなにをと、呆れられても笑われてもいい。もう自分を偽るのはいやだった。

「…あ…愛しています……。八年前からずっと、あなただけを想ってきました。亡くなったと知らされても、どうしても忘れられなかったの」

「……レティシア……」

そんな彼女に、デュランは心底驚いたように目をみはった。

「私は多くの女たちの慰み者だったのだぞ。そんな男を、どうして愛するなどと言える」

「それはもう過去のことです。誰にもどうすることもできなかった、哀しい過去……むしろその闇から戻ってきてくださったあなたを、私は尊敬します。誰よりも強いおかただと」

美しく澄みきった若草色の瞳には、今度こそなんのやましさも、一点の曇りもない。

「あなたはもう、忘れているかもしれません。でも私はこの胸の傷の誓いを、一日だって忘れたことはなかった……どんなときだって、あなたは私の守護天使だったんだもの。いいえ、いまでも」

そんなレティシアの姿が映りこんだブルーの瞳を細め、デュランは厳しい表情のまま黙りこむ。やがて痛みをこらえるかのように、ゆっくり瞼《まぶた》をとじて息を吐くと、まっすぐ彼女を見つめ、こう言った。

「……ならばその言葉を、一生かけてたしかめさせてもらう。いやとは言わせない」

「信じて…くださるんですか……?」

「だから、一生をかけてと言っているんだ。……そんな目で見つめられて、断れるわけがないだろう」

ふっと瞳を和らげたデュランはレティシアの胸元の傷に顔を寄せ、愛おしげにそっとくちづける。囁く声がかすかに揺れているように思えたのは、気のせいだろうか。

「忘れたりするものか。これでやっと八年前の誓いを果たすことができる……そしてこれが、新しい我々の誓いだ」

と、今度はレティシアの唇にも自分のそれを深くかさねた。

「愛している、レティシア。永遠に私だけのものになってほしい」

――やっぱり、覚えていてくれた……！

感極まったレティシアがほろほろと大粒の涙をこぼすと、デュランは雫を唇で優しく受けとめた。

「まさかきみが、あの誓いをずっと覚えていてくれたとは……信じられない。きみにとって、私は死んだ人間だった。忘れられていて当然だと思っていたんだ」

「いいえ、私こそ……ごめんなさい。あなたを傷つけるつもりじゃなかったの。なのに……ほんとうに、ごめんなさい……」

「私を守ろうとしてくれたことだ、わかっている。さっきあんなに乱れたのも、いっそ快楽に溺れてすべてを忘れたかったせいなのだろう？　……昔の私もそうだった。つらい思いをさせてすまなかった」

しゃくりあげるレティシアの肩を、デュランはなだめるように何度も撫でる。

「別荘に来てすぐのとき、しばらくきみを抱けなかったことがあっただろう。ほんとうは、焦らしていたんじゃない。きみが幼い日の事故をはっきり覚えていると知ってしまったからだ」

仮装舞踏会の夜、焦らすためだったのだとうそぶかれたときの違和感。それにはレティシアも記憶があった。

「きみが誓いを覚えているのかどうか、聞こうか聞くまいかと悩んで……抱けばその肌に浮きあがったこのバラを見て、聞かずにはいられなかっただろう。だが、その返事を知るのが怖かった。それでしばらく距離を置くしかなかったんだ」

「私……あなたがいつかすべてを話してくれるまで待とうって、きめていたの。だから……デュランさまのこと、たくさん教えてください」

「ああ。話したいことも、訊きたいことも、山ほどある――だがいまは、ずっときみとこうしていたい気分だ。もっと……きみが欲しい。きみの肌の温かさを感じたい」

息がとまるほどきつく抱きしめられ、レティシアはかあっと頬を熱くする。

もちろんたまらなく幸せで、嬉しくもあったが、気づけば夕陽に染まった寝室でたがいに一糸まとわぬ姿である。それも彼女は後ろ手に縛られたまま、デュランの腰に跨っているという姿態なのだ。

「あ、あの。でしたら……はやくこの手をほどいて……？」

「もったいないことを言わないでくれ。せっかくのいい眺めなのだから」

そう言ってくすっと笑うと、デュランは戯《たわむ》れるようにレティシアの乳首にキスをする。

ちゅっ、と軽く吸われ、舌先でくすぐられれば、昇りつめたあとの身体がひくんと跳ねた。

「あ…んっ」

逃れるように身体を捻ったひょうしに腰が揺れてしまい、すると花唇が吐精した肉茎を擦るようなしぐさになって、またじんわり身体が火照《ほて》ってくる。

「ほら……きみのせいでもうこんなになってしまった。もっと歓ばせてくれ」

「わ、私のせいじゃ……あっ…ぁ…んん……」

鷹揚《おうよう》な笑みを浮かべ、デュランは寝台に横たわる。誘うようにゆるゆると腰を揺さぶられれば、ゆっくり頭をもたげた雄肉に敏感なところを刺激され、思わず甘い声がもれてしまう。

「しかし、さっきの乱れたきみも、なかなか……あれはあれでかなりそそられたな。いつもあのくらい、積極的になってくれればいいのだが」

「そ、そんなっ……無理です。やめてくださいっ」

くくっと意地悪く思い出し笑いをしたデュランに、さらに真っ赤になったレティシアはとんでもない、と首をふる。

またこうして彼の微笑む顔が見られるのがとても幸せで、けれどやっぱり、淫らな姿態で快楽にひたっていくのはたまらなく恥ずかしくて――。

「ん、ん……っ……あ……もぅ……」

なのに、くちゅ、くちゅっと媚肉を硬いもので擦られるたび、しだいに我慢できなくなったレティシアも腰を前後に揺らめかせてしまう。

「我慢することはない。きみはもう、ずっと私だけのものなんだ。いつでもこうして愛しあえる」

「…はい……嬉しい、です……デュランさま……ふぁ…あ…ぁっ」

さんざん焦らされ、とうとうレティシアはデュランの誘惑に耐えきれなくなる。とろりと潤った蜜口に、ふたたび熱い肉棒をおずおずと迎えいれる。しかし跨った姿勢のために、どうしても挿入が深くなってしまった。

「あ、やぁ……ん……こ…んな…奥…まで……っ」

思わず腰を浮かそうとするがバランスをとるのが難しく、よろけそうになったところをデュランが抱き支え、ようやく両手を自由にしてくれる。そのまま彼の手に自分の指をからませて、ゆっくりと律動を刻んでいった。

「ふふ……うまいじゃないか。今度は乗馬を教えてやろうか」

「…も…っ……意地悪っ……ん、あ…ぁっ……」

ズク、ズクンッと花襞の感じる部分をたっぷりと擦りぬかれ、逞しい肉茎の先端が、最奥の小さな扉をやわらかく突き上げている。

さっき放出された雄蜜のぬめりがレティシア自身の愛蜜と混ざりあい、じゅぷ、じゅぷりとこれまでにない快感を生んで、もうたまらなくなってしまう。

「んん、も…ぅ……だめ……あぁん…デュランさまぁ……」

「好きなだけいけばいい。きみが望むだけ抱いてやる」

上体を起こしたデュランが弾む乳房を摑み、激しくまさぐり、くちづける。すでに色づき硬く隆起した乳首をきゅ、きゅっと絶妙にしごかれ吸われ、びりびりと刺激がはしった。

「…あ、あっ、だめぇ、だめなのっ……はぁ、あぁぁんっ……！」

身体の奥を突き上げるような深い愉悦。歓びの蜜を吹きだす花筒をびくびくと痙攣《けいれん》させ、レティシアはデュランの背をしっかり抱きしめながら極まっていく。

「だめと言いながら、ずいぶん気持ちがよさそうだな。ああ、ほんとうにきみときたら……清楚な顔をした小悪魔だ」

甘い陶酔にひたるレティシアの頬を、くすくすと笑うデュランの手のひらがつつみこむ。そして愛おしくてたまらないというように、くちづけてくる。

ふっくらした唇をやわらかく吸われ、ときに悪戯《いたずら》めいた舌先につつかれ、とろとろと舐めあげられて、うっとりしてしまう。

「…ん……ふ…ぅ……、んん……」

花筒にはまだ張りつめたままデュランのものが脈うっていて、達した余韻にひく、ひくんと締めつけるたび、満たされた豊かな悦びが身体に広がっていく。

「はぁ……んっ……あ…ぁ……」

ねっとりと執拗なキスに陶然となって、ぴちゃぴちゃと誘われるように舌をからめられれば、ずっとこうしていたくなってしまう。恥ずかしげにおずおずと応えようとしたせつな、じゅっと強く吸われてまたヒクンと身体が揺れる。

するとデュランが、またゆるゆるとレティシアを揺さぶりはじめた。敏感になっている隘路《あいろ》を刺激され、感じすぎてしまう、と涙目になったレティシアはいやいやと首をふる。

「あぁん……だめぇ……も…、動いちゃ……」

「酷《こく》だな、私にこのまま生殺しの状態でいろというのか？　まだまだきみを抱き足りないんだ。もっともっと、愛させてくれ」

そう言ってレティシアを押し倒し、しなやかな白い足を淫らに広げてしまう。ふたたび猛ったものを深々と突き入れられ、ゆっくり捏ねまわされて、レティシアはたちまち忘我《ぼうが》の境に溺れていく。

「ふぁ……も…、デュラン…さまこそ……」

「私が、なんだって……？　愛しいレティシア」

「あ…あなたこそ、いけない人……んんっ…守護天使じゃなくて……堕天使だわ……」

「天使だろうが悪魔だろうが、きみを愛している男であることに変わりない。文句は受けつけないぞ」

艶めいた笑みを浮かべ、デュランは恍惚と背をそらすレティシアの胸元にくちづける。

ほんのりと紅色に染まった、バラの形の誓いの証しに――。

第六章　◇王子と淑女の蜜月

箱馬車を引く馬の蹄《ひづめ》の軽快な音が、からりと晴れわたった街道に心地よく響いている。

――嬉しい……もうすぐお母さまに会えるんだわ。今夜は泊まってゆっくりしてくるようにって、デュランさまも言ってくださったし……。

あれこれと手土産《てみやげ》用に買った都の品々に囲まれながら、レティシアは浮き立つ気分をとめられなかった。

これまで母に送金していたことや、レリスに呼び寄せようと考えていたことなどを打ち明けると、デュランに思いがけなく謝られてしまった。

「すまない。きみを手放したくないばかりに、レリスに縛りつけていたのは私のせいだな……リーシェ家の状況については調べさせる。これまでの男爵どのの行状《ぎょうじょう》を考えると、母上に資産管理権を移すことは可能だと思うが、まずがきみが母上に会って話をすることのほうが大事だろう」

マイヤーもとうに新大陸に帰国したいま、もし戻ってきたレティシアに男爵が騒ぎ立てたとしても、ドミユール家の後ろ盾がある以上はなにもできない。翌日の昼にはシモンを迎えにやるから安心するように、とデュランは言うのだった。

すでに母には先週、会いに行くという手紙を出してある。今度は別荘の住所をきちんと書いておいたので、母からも「ほんとうに無事で安心しました。楽しみに待っています」という旨の返事をもらえたときは安堵の息をついた。

いったいどんな顔で出迎えてくれるのか楽しみだったけれど、同時にこれまで心配をかけてしまったのが、申しわけなくてならなかった。

——でも、デュランさまが生きておられたと知ったら、きっとお母さまも驚くわ。

そう思いかけたものの、彼のことをどう説明すればいいのか、あらためて考えるとこれがなかなかに難しい。

マイヤーに追いつめられて逃げ込んだ〝ブーケ・ルージュ〟でデュランに再会し、救けられた、という経緯はまちがっていない。

しかしそのデュランも外遊中の身であって、ドミユール家の客として滞在しているために話がいささかこみいってくる。名目上、現在レティシアを保護しているのはドミユール伯爵家であり、シモンなのである。

オルストランド大公の血縁である子爵というデュランの身分も、しばらく母には伏せておいたほうがいいかもしれない、とレティシアは思う。デュランはなにも言わないが、彼の過去を考えれば、おのずと軽率なふるまいはできない。

——そう、あの人の祖国はオルストランド……。

そのことを考えると、胸に小さな棘《とげ》で刺されたような痛みを感じた。

もちろん、愛していると誓ってくれたデュランの言葉も気持ちもすべて、レティシアは露ほども疑っていない。

だが、では彼がいつオルストランドに戻るのか、そのときふたりのあいだがどうなってしまうのか——そうしたことに不安をおぼえないと言えば嘘になる。ましてやデュランはオルストランドでの生活をひどく疎んじており、それが心配でたまらない。

それに、なぜ八年前にリュシオール城にいたのか、オルストランドに渡るとき事故死とされたのかなど、わからないことも多かった。

いったいなにがあったのだろうと思うかたわら、複雑な事情があるとは察していたので、あまりあれこれ詮索する気にもなれず、いつか彼が話してくれるのを待つことしかできなかった。

それにここのところデュランもシモンも、別荘を空けることが多くなっている。王宮そばのドミユール家本宅に泊まりがけることも増え、なかなか落ちついて話せる機会すら減っていた。

「ゆっくりすごす時間が持てずにすまない。もうすこしの辛抱だ……私を信じて、いい子で待っていてくれ」

リーシェ家に向けて出発するまぎわ、デュランはそう言って、レティシアに甘いキスをくれた。あまりに長いくちづけだったので、馬車の脇に立ったシモンが何度も咳払いをしたくらいだが、デュランはデュランで、平然とそれを無視していた。

それを思いだすと、ふふっ、と小さな笑いがこぼれ、レティシアの胸がほっこりと温かくなる。

――そう、いまはただ、あの人を信じるだけ……八年間も待ったのだもの。

たとえ半年や一年よけいに待ったとしても、生きていた彼に再会し、想いがつうじた喜びにくらべたら。

あれこれと物思いにふけっているうちに馬車は郊外を抜け、やがて懐かしいルイーズ地方のぶどう畑が見えてきた。

思い出深い教会や街並みの姿に、なんだかとても長いこと故郷を離れていたような気がしてくる。神父さまや村の人々にも会いたいが、まずは家に戻り、母を抱きしめるのが先決だ。

けれど懐かしいリーシェ家の正門が見えてくると、レティシアは違和感をおぼえた。

しばらく見ないうちに、館のまわりが寂《さび》れて見える。玄関へとつづく庭も手入れされておらず、雑草や枯れた花が目立っていた。

庭師など雇う余裕はとうになく、もう何年もまえから、館には年老いた下男と下女がひとりずつしかいない。それでも几帳面な母は手入れを怠《おこた》ることなどなかったのに。

「お母さま……まさか急に体調を悪くされたのでは」

手紙ではとくになにも触れられていなかった。自分を心配させないように気を遣っていたのではと、レティシアの胸がざわつく。

馬車を降り、御者にすこし待ってもらうよう告げると、レティシアは門をくぐり、館の扉をあける。鍵はかかっていないため、母がいるのはたしかだった。

「レティシアです、お母さま。どちらにいらっしゃるのですか」

玄関ホールや階段も埃《ほこり》が目立つ。母が元気なら、こんなことはない。摘みたての野の花がたっぷり花瓶に活けられているはずなのだ。

「お母さま、私、戻ってきました。お部屋なの？」

と階段を上ろうとしたとき、一階の父の書斎から物音がした。

——まさか、お父さまが帰って？

緊張しながらも廊下の奥にある書斎の扉をひらくと、ここも埃っぽい空気におおわれていた。顔をしかめながら室内に踏み入るが、誰もいない。

なにかがおかしい――そう思ったせつな、背後の扉がバタンとしまった。

「久しぶりだね、レティシア……また一段と美しくなったようだ」

忘れかけていた、蛇のような灰褐色の瞳。ねっとりした気味の悪い低い声音《こわね》に、冷水を浴びせられたような思いがした。

「あ、あなたが……どうして……」

「どうしてもなにも、ここはもう私の館なんだよ。愚かなおまえの父親が、私の金を持ち逃げしてしまったのでねえ」

凍りついたように怯え、見ひらかれた若草色の瞳を見つめ、ライオネル・マイヤーは凄まじい形相でニタリと笑った。

「おまえを買い取る金を先に男爵に渡したのがまちがいだった。おまえのような小娘が、まさかあの店に逃げ込んだあげく、大貴族にまで守られるとは思ってもみなかったからな。すると、ろくでなしのリーシェ男爵は私を必死に説得した。かならず娘を連れ帰るからと言うのでしばらく待ってやったが、そのうち私も事業の都合で祖国に一時帰らねばならなくなってね」

金を返せないなら館を売れ、とマイヤーが手荒に締め上げると、男爵はそのまま、金を持ってどこかへ消えてしまったのだった。

「どうやら、私のほかにも借金を山のように抱えていたようだね。愚かな……館を売ってっだ二日もどうにもならないと諦めたんだろう。あのときは私も帰国せざるをえなかったが、三日まえにこちらに戻ってきたばかりだ。最初の仕事は、もちろんこの館を手に入れることだったよ」

「……お母さま、お母さまはどこにいるの⁉」

父の失踪も衝撃ではあったが、なにより母が気がかりで、レティシアは蒼白になる。

「ああ、あの女なら邪魔なので使用人たちと一緒に放りだした。あいにくと私はごく若い娘にしか食指が動かない。そのうえひどくやつれていたのでね」

「……！」

ならば母は、さっき自分が通りすぎたあの村にいたのだろうか。

反射的に部屋を飛びだそうとしたレティシアの腕を、マイヤーがギリッと摑む。

「いや！　はなして！」

「おまえの母親が大事そうに持っていた手紙を読ませてもらったよ。里帰りとは絶好の機会だった。私は強運の持ち主でねえ……これで館とおまえを両方、手に入れられる」

くくく……と毒々しい笑みを浮かべるマイヤーに、強引に抱き寄せられる。全身が悪寒《おかん》に総毛だった。

「どうやらいまはドミユール家とやらにいるらしいが、〝ブーケ・ルージュ〟でおまえをかばったあの若造を引っかけでもしたのか？」

胸元にきらめく白い小花のネックレスが引きちぎられ、パラパラと床にばら撒かれた。

「……そ、そうよ。伯爵家にこんなことが知れたら、あなただって大変なことになるわ」

なんとかこの場を逃げ出そうと、レティシアは必死に頭をめぐらせる。しかしドレスのうえから乳房を痛いほど摑まれ、恐怖にすくみあがった。

「――おまえは私が買った玩具《おもちゃ》だっ。ほかの男に股をひらくなど許さんぞ」

「いや、汚らわしい！」

ぬるりと頰をかすった舌から逃れ、レティシアは渾身の力をふりしぼって身体をよじる。もがいたひょうしに爪の先がマイヤーの目をかすめ、うっとひるんだ隙に男を突き飛ばし、書斎の扉を押しひらく。

門の外にはまだ馬車が停まっている。そこまでたどり着けば。

しかしすぐに追いつかれ、髪を摑まれ廊下に引き倒される。

「今夜、おまえは新大陸行きの船に乗るんだ。この館の管理は部下にやらせれば済むからな……ううっ、もう我慢できん。ここで味見してやる」

狂気に血走った瞳に本性をむきだしにして、男はレティシアのうえに馬乗りになる。頰を何回か強く張られて、頭がくらっとした。

その隙に荒々しくドレスを押し下げられ、布地が裂ける。倒れたひょうしに足首を捻ったらしく、ズキズキと激しい痛みが這いあがっていた。

――いや……こんなのはいや……！

この男に穢《けが》されるくらいなら、いっそ死んだほうがましだと、レティシアは絶望の淵に立たされた。

気味の悪い顔を見ていられず、ぎゅっと瞼《まぶた》をとじれば、涙があふれて頬を濡らす。

あらわになったコルセットに節くれだった指が伸びて、はあはあと獣のような息づかいが胸元にかかる。と、突然首を締められ、息が詰まった。

「気が変わったぞ、このまま犯してやる」

ひひっと笑いながら、マイヤーは片手でレティシアの首を押さえつけたまま、ドレスの裾を捲りあげる。

「……ひ……っ……」

カチカチと歯の根が合わぬほどふるえがとまらない。生きたままこんな責め苦には耐えられなかった。いまここで舌を噛めば、まっさかさまに死の海へ落ちていける。

――……ごめんなさい、デュランさま……。

そう最後に愛しい人を思い浮かべたとき、マイヤーの嘲《あざけ》るような声が耳に届く。

「こんな傷もののくせに、最初に目をつけた恩人を忘れおって」

ちがう。

こんな男に、大事な誓いのバラを穢されたくはない。はじめてマイヤーに襲われそうになったときとおなじ怒りが、レティシアを生の大地に引きもどす。

――あのときも私はデュランさまの言葉に救けられたわ。二度も救ってくれたあの人のためにも、ここで命を絶つことなんてできない……！

息苦しさに喘ぎながらも、きっ、と瞳を見ひらき、マイヤーを見すえる。しかししだいに視界が暗くなっていく。

「なんだ、その目は……おまえは……やめろ、見るなっ」

ひるんだようなマイヤーの声が、そのとき突如、がっ…、と奇妙な音に変わる。

それと同時に、喉の圧迫が消えた。

「レティシア！」

けほけほと咳きこみながらレティシアが視線を向けると、蒼白になったデュランの顔が飛びこんできて、すぐに抱きおこされた。

「……よかった……もうだいじょうぶだ」

「…あ……」

救かった――。

事情もわからないまま、レティシアは彼の胸にぎゅっとしがみつき、ただ安堵の嗚咽《おえつ》をもらす。

「すまない。きみが出発するのと入れちがいで、この男が再入国していたと知らされた。

この館を買い取る申請がなされていたのもわかって、すぐにあとを追ったんだ」

「私ひとりでじゅうぶんだと言ったのですが、デュランさまはあなたが心配だと言い張って、どうしても一緒にと」

聞き覚えのある声に顔をあげると、マイヤーの背後からシモンの逞しい腕が伸び、もがく男を締め上げている。

「くそっ、放さんか……！　私はこの国の外務大臣とも親しいのだぞ。それに議会にも友人が多数いるんだ」

「その外務大臣はほどなく更迭《こうてつ》されるぞ、マイヤー。おまえのような薄汚い者と収賄をくりかえした罪でな」

「な、なんだと。なぜ、そんなことを……」

ぎょっと顔色を変える男に向かって、デュランは秀麗な顔に氷のような微笑を浮かべる。

「汚職大臣と王族と、さてどちらが議会に影響力を持つと思う？」

彼の胸に抱かれたレティシアには、その言葉の意味が理解できない。

——いま、なんて……王族って言ったの？　それとも聞きまちがい？

同様の疑問をマイヤーも抱いたようだった。

「王族だと？　クラヴィス国王には王子がひとりしかいないはずだ。姫はすでに嫁いだというし、第二王子は革命未遂時に事故死したと——」

「いいかげんに黙れ、このケダモノが。レティシアさま、ご安心を。とっとと処理してしまいますから」

シモンがいつものようににっこり笑いながら、ギリッと羽交《はが》い締めする力を強めると、マイヤーの顔が充血したように赤くなり、口の端から泡のようなものが滴る。やがて白目を剝いてガクリと意識を失った。

「デュランさま、どうなさいますか？　あなたのお許しがいただけるなら、こんなクズはこのまま消してしまいたくてしょうがないのですが」

「大いに同意したい気分だが……立場上いたしかたない、法律に裁いてもらうとしよう」

苦々しくデュランが答えると、シモンは汚いものを触ったかのようにマイヤーから離れ、ふんと鼻を鳴らした。

頭がすっかり混乱するさなか、しかしレティシアは、はっと我にかえってデュランの腕を摑む。

「村へ連れていってください。お母さまが……」

「レティシア、母上ならばご無事だ。村を通りかかったときに神父どのと会ってな。肺炎になりかけて安静が必要だが、じきよくなる。むしろきみの身を案じておられるそうだ」

教会にたどり着いた母エレンがすぐに意識を失ってしまったため、神父も事情を知るのが遅れ、またレティシアへの連絡先もすぐにはわからなかったのだ。

「ほんとうですか！　お母さま……ああ、よかった……」

「だが、きみも手当てが必要だ。シモン、あとは頼めるな」

レティシアに自分のフロックコートを羽織らせ、抱きあげると、デュランはリーシェの館を出る。箱馬車をすぐに村の教会へと向かわせた。

「頬が赤い、殴られたのか……。すまない、やつの動向が半日はやく摑めていれば、ひとりでここに行かせることなどしなかったのに。ほんとうにほかには、なにもされていないのだな。どこか痛いところはないか？」

膝のうえにレティシアを抱きながら、デュランはいつになくあれこれと問いかけてくる。そのようすがあまりにめずらしかったので、レティシアは状況も忘れてつい小さく微笑んでしまった。

「な……、笑いごとではないだろう」

さっきまで青ざめていた頰に、今度はぱっと血の気が散って、レティシアはごめんなさい、と口元を押さえる。けれどこれまであまり感情をあらわにしてこなかったぶん、彼の秘められた一面を見たようで、胸の奥がじんわりと感慨深くなってしまうのだ。

「でも……思えば八年前も、こうしてあなたに救けられたんですね……」

しみじみとそうつぶやけば、デュランもようやく逆立てた柳眉を戻す。

「ああ、そういえば、そうだな。まさかおたがいこんな関係になるなんて、あのときは思ってもみなかった」

「ええ。でも、嬉しかったの……あなたが…来てくれて……とても」

笑っていたはずなのに、言葉にすればまた涙腺がゆるんでしまう。さっきの恐怖が今ごろになって、ショックとなってよみがえった。

「あ、あのまま…私……穢されるくらいなら…死のう、って……そう思って。でも、昔あなたに救われたのを思いだしたら、できなくて……」

しゃくりあげながらふるえ、告白するレティシアを、デュランはしっかりと抱きしめる。そしてなだめるように、頰や額、そして唇にキスをくりかえした。

「そうだ、そんなことは二度と考えないと誓ってくれ。もしきみになにかあったら、私も生きてはいられないのだから」

「……デュランさま……」

「今回のことでよくわかった。もう待てない。一刻もはやく、きみを妻にする」

「……え……!?」

突然のことに、瞳を見ひらいたまま固まるレティシアを、デュランが熱っぽく見つめる。

「聞こえなかったのか？　結婚しよう、レティシア」

「だ、だって、あなたはオルストランドの……」

「そのことについても、説明しなくてはな。心配はいらない。ふたりともこの国で……

我々の祖国クラヴィスで一生、暮らすんだ」

その言葉に、レティシアの心臓がとくんと跳ねる。まさか、と頭のなかでようやく、ひとつの結論が導き出されて——。

「あの、あなたは……ブランセル子爵さま……ではないの？」

「オルストランドでの身分はそうなる。だが真実の名は、デュラン・レヴィ・ド・クラヴィス＝ユージニア。この国の第二王子だ」

——……うそ……そ……んな……。

あまりに平然と告白されて、もうレティシアにはなにも返す言葉が出てこない。頬を真っ赤に染め、ただ口をぱくぱくさせている。

「ほんとうなら兄上の正式な即位がきまるまで、私は死んだ者でいなければならないんだ。だがきみに隠すのだけは、もう一秒だって我慢ならない」

そうして、デュランは自分の過去をレティシアにすべて話してくれた。

兄のレオナルドは、若いころから父王エルネスト四世を支えるとともに、世襲としてつねに自分の命を狙う勢力に気をつけなければならなかった。それに対し、デュランはその存在が目立たぬよう王宮を離れ、王妃の縁者である名門ドミユール家のもとでひっそりと育てられた。

彼に与えられたのは、万が一革命が起こってしまったときに、王家の血を絶やさないという役割だったのだ。

やがて情勢がいよいよ革命の危険をはらむと、十六歳のデュランは父王の命でリュシオール城に潜伏することになった。そして革命派の追跡を避けるため、オルストランド公国へ渡り、表向きに海難の事故死を装った。

だが遠縁とはいいながらも、オルストランド大公はエルネスト四世とさほど懇意ではなく、厄介者を押しつけられた形とも言えなくなかった。

またクラヴィス王国側は革命を防ぐためにオルストランドに資金援助を申し出なければならない状況で、デュランはそのための人質でもあったのである。

そして、子爵という身分を与えられたこの美しい若者に目をつけたのが、大公の愛妾《あいしょう》だった——。

この女性は大公をなかば操っているとも噂され、大変な権力を持っていた。祖国のために、デュランはどんな屈辱的な要求にも従わねばならなかったのだ。

だが革命は未遂に終わり、議会制を導入したクラヴィス王国はしだいに平定されていく。

レオナルド王子は一刻もはやい弟の帰国を父王に願い出たが、革命未遂後、すっかり憔《しょう》悴《すい》し疑い深くなった王は、病のせいもあってか、なかなか首を縦にふらなかった。

第二王子の生存と帰国を、地下に燻《くす》ぶる過激派残党に知られれば、ふたたび革命運動が起こるのではないかと怯えていたのだ。

そこでレオナルド王子は、極秘にシモンをオルストランドに送り込み、弟を連れ帰るよう命じた。

しかし病床とはいえ、いまだ玉座にある父王に勝手がばれれば厄介なことになる。そのためデュランは帰国後も当面のあいだ、オルストランドの人間としてブランセル子爵を名乗ることになったのである。

レオナルド王子は折を見つけては弟王子と密かに会って話をしていた。国力も回復し強まったいま、いずれ近いうちにふたたびクラヴィス王家の一員として披露目《ひろめ》をする心構えをしておいてくれ、と弟を励ましつづけた。

革命派の残党を見つけだしてはとらえ、慎重にことを運んだおかげで現在はエルネスト四世もすべてを了承し、近々、嫡男《ちゃくなん》に王位を譲るのだという。

「お亡くなりになった第二王子さまが、あなただったなんて。私、あなたの事故のショックで当時のことを、ほとんど覚えていなかったの」

「革命絡みの混乱に乗じて、偽の事故報道も葬儀も、最小限に抑えられたんだ。デュランというこの名も意図的に伏せられて、第二王子レヴィは亡命に失敗し事故死、としか公表されなかった」

ようやくすべての真相を告げられ、レティシアは呆然としてしまう。

「ずっと黙っていてすまない。こんな嘘つきな男には、もううんざりしてしまったか？」

けれどそう問われればつい反射的に首を横にふってしまい、かあっと頬が熱くなる。この際、ひどい、ひどいと恨み言のひとつも言えばよかったのに、デュランが幸せこのうえないといった甘いまなざしで見つめてくるから、それすらもできなくなって。

けれど、ひとつだけたしかなことがある――そう、それは彼への変わらぬ、愛。

「過去は過去だわ。あなたと一緒にいられるのなら……ほかにはなにもいりません」

若草色の瞳を潤ませながら、レティシアは勇気を出してデュランの頬に手を伸ばす。

そして、そっと自分からくちづけた。

「だからもう、離さないで……ずっと、そばにいて」

「もちろんだ、愛しいレティシア。きみがいやだと言ってもそうするつもりだった」

薄紅に色づく耳朶《じだ》やうなじにキスされながら、レティシアは幸福の涙にくれる。

母に会ったら、いったいなにから報告しよう。

そう思いめぐらせながら、愛しい人の胸にそっと寄り添った。

◇◆◇

そして、月日は流れて――。

三ヶ月後、クラヴィス王国ではエルネスト四世の病気療養にともない、嫡男レオナルド王子の戴冠式が行われた。

しかし同時に公表された第二王子、つまり新しい王弟となったデュランの生存と婚約は、さらに国民を驚かせた。

平民や貧しい生まれの者たちはその存在すらほぼ忘れていたし、革命派はもちろん、王族や側近を除く貴族らも、八年前に亡くなったと信じていたからだった。

◇◆◇

「王弟殿下、万歳！」

「王弟妃殿下に祝福を！　国王陛下、そしてクラヴィス王家に永遠の幸あれ！」

まるで妖精のように愛らしい――と評判の花嫁をひとめ見ようと、クラヴィス王国中の人々が、都レリスにつめかけていた。

大人から子供まで、誰もが祝いの晴れ着を身にまとい、華やかな馬車のパレードがはじまるのを待ちかまえている。そうした大歓声は、各国の賓客《ひんきゃく》や王族たちも列席している壮麗な王宮大聖堂にまで届いていた。

「おお……まことに朝露を含んだ白バラのように清廉《せいれん》な花嫁ですな」

「ええ、それに王弟殿下の凜々しいこと。神話の騎士にも負けていませんことよ」

そんな賛辞が囁き交わされるなか、レティシアは緊張したおももちで司祭の祝禱《しゆくとう》を聞いている。

肩をすっきり出した可憐なウエディングドレスは、優美な長い引き裾《トレーン》で、精緻なバラのレース刺繡《ししゆう》があしらわれている。ヴェールのうえのティアラには、ダイヤモンドでかたどられた三輪のバラ——クラヴィス王国の紋章が輝いていた。

そして胸にきらめくのは、もちろん宝石がちりばめられたバラの花だ。

仮面舞踏会のときにデュランから贈られたチョーカーは、真珠とピンクダイヤで彩った豪奢なネックレスに生まれ変わり、より婚礼の場にふさわしくなっている。ドレスと合わせれば、まるで白バラの園に一輪だけピンクのバラが咲いているようだ。

対してデュランは、瞳の色が映える深いブルーに豪華な金の刺繡をあしらった王族の正装だった。レティシアの縫った白レースのスカーフをはじめ、クラシックな装飾が端整な美貌に華をそえ、女性たちにうっとり溜め息をつかせていた。

ときおり花嫁を見やっては、組んだ腕に添えられた手を安心させるように撫でる。するとレティシアも胸の奥がいくぶん楽になって、ふっと表情をゆるめるのだった。

「可愛い花嫁さん、ふるえているのかい。そんなに気を張っていては倒れてしまうぞ」

「ええ、気構えはしていたつもり…だったんですけれど……」

「式が終わればゆっくりすごせる。いい子にできたら、すてきなご褒美をあげよう。今夜は眠らせないほど、たっぷりと」

さりげなく身をかがめ、耳元でそんなことを囁かれれば、式のさなかになんてことを、とレティシアはうなじまで赤くなってしまう。

——でもよかった……こうして無事にお式が挙げられて……。

レティシアは、式に参列するオルストランド大公とデュランの軋轢《あつれき》が気がかりでならなかったのだ。

しかしレオナルド新国王が、事前に大公宛ての密書を抜かりなく送っていた、とデュランから聞かされ、胸を撫でおろしていた。

八年前とちがい、クラヴィス王国の国威はすでにオルストランドを超えており、借財も完済していること。また大公愛妾の所業が公になれば、むしろ国際的な信用をなくすのはオルストランド側であり、大公はそれを恥じ怖れていること。

こうした事実を突きつけられた大公はデュランとクラヴィス王家に対し、内密ではあるが正式に謝罪した。そして愛妾とその眷属《けんぞく》、関係者たちは全員がクラヴィスへの入国権を剝奪《はくだつ》されたのだった。

——それでデュランさまの心が癒えるわけではないけれど……でも物事はすこしずつ変わっていくわ。そう、私のこの胸の傷痕《きずあと》のように。つらい思い出は人を強くする。そしてたぶん、優しくも……。

やがて讃美歌の美しい調べが大聖堂に満ちて、新郎新婦は誓約の言葉を交わす。

良きときも、悪きときも。

健やかなるときも、病めるときも。

死がふたりを分かつまで、愛と忠誠を尽くすことを誓います――。

「レティシア、私がほんとうに望むのはきみだけだ。愛している」

ヴェールをあげたデュランが、レティシアにくちづける。

もう数えきれないほど交わしたキスの、ひとつひとつがレティシアの胸に甘くしみこんで、彼女を幸せにしてくれる。

――私も……愛してる……心から……。

いささか情熱的かつ長めのキスに、静謐《せいひつ》な大聖堂の温度さえ、ほんのり上がったように思えた。


そしてパレードを終えたあとも祝宴はつづけられ、陽が落ちたレリスの空を大きな祝いの花火がつぎつぎと彩《いろど》った。

大広間では祝賀舞踏会が催され、華麗なステップを踏むドレスの花々が咲き乱れている。

「だいじょうぶかね、花嫁どの。疲れているのではないか」

「こ、国王陛下……!」

背後から声をかけられ、驚いたレティシアはうやうやしく腰をかがめた。

デュランから芯の強い、しかし気性は穏やかな人だとは聞いていた。けれどいまは濃い金髪に髭《ひげ》をたくわえた威厳ある容姿が、正装によってさらに近寄りがたく感じてしまう。

公式な挨拶や晩餐で顔を合わせたことはあるが、こうしてふたりで会話するのははじめてだ。しかもこんなときにデュランはシモンを連れ、諸国の賓客たちに囲まれている。

「気を楽に……といっても無理だろうが、できるだけ肩の力を抜いてほしい。そう、聖杯の女王に扮していた、あのときのように」

「え……?」

目をみはるレティシアに、レオナルド王は藍色の瞳を細める。するとやはりデュランと兄弟なのだと思わせられる面差《おもざ》しが強調されて、すこし安堵を抱くことができた。

「怒らないでもらいたいのだが、実は帰国した弟に余《よ》は縁談話を進めようと考えていたのだよ」

王は豊かな美髭《びぜん》を撫で、ふっと苦笑した。

複雑な事情の結果ではあるが、年齢だけを考えれば王族としては遅すぎるくらいの結婚だ。それに王族の縁談は国民に祝祭の活気を与え、近隣諸国へのアピールにもなる大事な国事だ。戴冠式のときに発表すればより効果もあがる。

しかし、デュランはそれをあっさりと断った。

『申しわけありません、兄上。私にはすでに心にきめた令嬢がおります』

『そうなのか？　ではこの宮殿にお連れするがいい。ぜひ挨拶がしたい』

それはめでたい、と嬉しそうな兄の顔を眺め、デュランはすこし考えてからこう言った。

『そうですね……では、こうしましょう。いまの私はオルストランド公国のブランセル子爵。まだしばらくはこの仮面をとるわけにはいきません。すこし趣向を変えたかたちで、我が想い人をご覧いただけるよう手配します』

――と。

「……ではそれが、あの仮装舞踏会のいきさつだったのですか」

デュランがそんなことを考えていたなんて、とレティシアは驚く。まさかその後にしたことまでは、ごぞんじないはず……、と頬を染める花嫁に、国王は笑いかける。

「あなたのことを話すときのデュランは、これまで見たこともないほど幸せそうな顔をしていた。それに、彼があのように愉快な趣向を思いつくのも想像外のことだった……すべて、あなたが彼を変えたのだよ、レティシア。あなたなら、安心して弟を支えてもらえると余も信じている」

そう言って手をとられれば、レティシアも胸がいっぱいになって深く頭《こうべ》を垂れる。顔を上げるとちょうどデュランがやってくるのが見えて、嬉しいような気恥しいような高揚につつまれた。

「やけににやついているのだな。兄上となにを話していたんだ？」

「いいえ、なんでも」

不思議そうな顔をする夫に向かって、レティシアは胸のまえで両手を組みあわせ、くすっと小さな笑みをこぼしたのだった。


そして王宮敷地内に新たに建立された、王弟夫妻の瀟洒《しょうしゃ》な宮殿——。

「長い時間、よく頑張ったな。疲れたか？」

「い、いえ……私はだいじょうぶです……けど……」

デュランははじめて新居に入るレティシアを横抱きにし、吹抜けの大階段を上っていく。

レティシアは気恥ずかしくてうつむいたが、そんな状況でも王族をはじめ名だたる宮廷貴族から贈られた色とりどりのバラが、ところ狭しとあふれかえっているのが見えた。

シャンデリアがつらなる回廊は純白に金をあしらった絢爛《けんらん》な装飾で、淡いブルーの壁紙や花模様の絨毯《じゅうたん》が上品な落ちつきを添えている。

東側のいちばん奥の扉をあけると、そこがプライベート・ルームだった。広々とした居間の奥に、寝室や浴室がつづいている。

「さあ、花嫁さん。ここが我々の住まいだ。やっと、ふたりだけになれたな」

大きな天蓋つきの寝台の隣にレティシアを下ろすと、デュランは彼女をうしろから抱きしめる。バラの花のネックレスをそっと外すと、細い首筋に顔を埋めながらドレスのリボンをほどいていく。

「…あ、あの……っ」

「まさか〝お茶を飲んでひといき〟だとか、酷なことを言うつもりではないだろうな。わかっていると思うが、従うつもりはないぞ」

いきなり服を脱がそうとする夫をたしなめようとふり返れば、すこし意地悪な、それでいて極上の甘い微笑みを返され、なにも言えなくなってしまう。

それどころかこのままデュランに溺れてしまいたくて、でも恥ずかしくて——ショコラのように甘いとまどいが、心をふわふわと高揚させる。

——あ……私……胸がこんなにドキドキしてる……。

もう何度となく肌をかさねているはずなのに、やはりこうして新居で婚礼の夜をはじめて迎えるのは特別なことなのだろうか。

やがて衣擦れの音とともに、ドレスがばさりと絨毯のうえに落ちる。

「…ん……っ」

うなじに唇を這わされ、華奢《きゃしゃ》な肩がぴくりと揺れた。デュランの指はさらにコルセットの編み紐をほどいていき、背中があらわになっていくたびに、唇が下へとおりていく。

吐息はすでに小さく乱れはじめている。立ったまま衣服を脱がされている状況にくわえて背筋がひどく敏感になり、舌先が触れるか触れないかの感触を残せば、思わずゾクゾクと身体がふるえた。

「……ぁ……ん……」

とうとうコルセットを脱がされ、両手で胸を抱き隠す。恥ずかしくてたまらないのに、全身が熱くなっていくのがわかる。

「そ、そんなに見ないで……」

秘所をおおうランジェリー、そしてガーターと白絹の靴下だけという姿をあますところなく見られて、レティシアは消え入るような声で懇願する。

「まだそんなひどいことを言うのか。一晩中、苛めたくなってしまうな」

「あ……あなたこそ、そんな意地悪を言わないで」

「言いたくもなるさ。祝宴のあいだ、私はこうしてふたりきりになることばかり考えていたんだ。それなのに、きみときたら兄上やシモンたちと呑気に話したり踊ったりしていたのだからな。人の気も知らずに」

わざと当てつけるように言いながら、デュランはレティシアを壁に寄りかからせる。そして跪《ひざまず》くと彼女の片脚を持ちあげ、すべらかな内腿に吸いついた。

「…あっ……や…、あぁ…っ…ん……！」

きつく吸いあげられた肌がチリッと痺れ、やわ肌に淫らな赤い小花が刻みつけられていく。かあっと全身が血がわきたつようになって、下肢に妖しい感覚が広がる。

「式の最中、ずっとこうしてきみを味わうことを考えていた……花嫁衣裳がそそるというのはほんとうらしい」

「そ…んな……不道徳なこと…言って……ん……ぁっ」

熱い唇とぬるつく舌先がたくみに敏感な肌をネトネトと這いまわり、花唇がじんと疼《うず》く。かさねた両腕の下で、胸の蕾《つぼみ》がゆっくり頭をもたげるのがわかった。

——だめ……濡れちゃ…恥ずかしいの……。

両脚をとじあわせたいのに、片方を持ちあげられてしまっていては、ランジェリーにおおわれただけの秘所を隠すこともできない。いやらしい染みが絹を濡らしていくはしたないさまを、見られたくなかった。

そうわかっていながら、彼の不埒《ふらち》な誘惑にあらがえない。焦らすように絹布の周囲を舐めまわされれば、腰の奥が熱をおびてたまらなくなり、ひくんと身体が揺れてしまう。

「もう腰をふっておねだりか、レティシア」

「やっ……ちが…う…わ……」

「新婚初夜から夫に隠しごとはいけないな。ほんとうはとうに濡れているくせに」

揶揄《やゆ》するようにデュランはつぶやくと、秘められた場所にキスをする。とうに潤いはじめていた花唇が薄布ごしに、くちゅ、と淫らな感触を伝え、こみあげる快感にレティシアの喉がこくりと鳴った。

「ほら……こんなに興奮して、嘘つきな花嫁だ」

「ふぁっ……だめ、恥ずかし——ん…っ…ぁあん……」

さらに舌を押しつけられ、ランジェリーのうえから花唇の輪郭を探るようにヌチュヌチュと責められる。たまらなく淫らな刺激に、喘ぎがこらえられなかった。

尖った舌先に熟した果実を突かれ、抉られるたび、甘い痺れが歓びの蜜をとろとろとあふれさせる。このままでは染みどころか、内腿にまで滴ってしまいそうだった。

「…や…ぁ……だめ……ぇ……」

もったりと腰の最奥に広がる愉悦をこらえようと、レティシアは瞳を潤ませながら首をふる。こんな姿勢は恥ずかしすぎると、絶えだえに訴えた。

「ならば、私の望みもきくと約束してくれ」

「や、約束…します……ですから…もう……」

ほんとうは逆らえないことくらい、とうに知っているくせに——羞恥に伏せた瞼をふるわせながらレティシアがコクリとうなずくと、デュランは満足そうに瞳を細める。意地悪で、それでいてたまらなく魅惑的な、堕天使の微笑み。

けれど澄んだブルーの瞳に浮かぶその情欲が、媚薬のようにレティシアをさらに妖しい高ぶりへと運んでしまうのだ。

ようやく身体を解放され、けれど安堵する間もなく寝台のうえに横たえられる。ワインレッドの艶やかなサテンの上掛けに、髪どめを外されたプラチナブロンドの髪が美しく広がった。

目のまえでデュランが彫刻のような肢体をあらわにしていく。しなやかで引きしまった体軀《たいく》は惚れぼれとするほど美しく、同時に匂い立つような男の色香がただよっていた。

「大聖堂で、私が言ったことをおぼえているか？　これがそのご褒美だ」

寝台横に置かれた小卓から取りだされたのは、ガーネットの色をした香水瓶のようなものだった。

「あ……なんですの……？」

「オレンジの花の精油に、秘密の成分がすこしだけ。もとは気分をリラックスさせるために使われるものだから、心配はいらない」

「そ、それがなぜここにあるのですか」

「婚礼前、きみが王宮内の花嫁の間ですごしていた一週間のあいだ、私はこの新居を手入れしていたんだ。きみを迎えるにあたって、なにかと不備があっては困るからな」

「ふ、不備って……そんな恥ずかしいことを冷静におっしゃらないで」

よく考えれば身も蓋もないことなのに、デュランの口調はいつもと変わらぬ鷹揚《おうよう》さだ。

思わず呆れかけてしまうレティシアに、彼は悪戯《いたずら》っぽく笑いかける。

「ほら、その手をどけてごらん。愛らしい蕾をこんなに硬くして、触れられたがっているじゃないか」

胸を隠していた腕をとられ、白い美乳をさらせば彼の言うとおり、ぷくりと色づいた先端が、ツンともの欲しげに疼き尖っている。

その乳房のうえに、ぽたりと透明な液体が垂らされる。ふわりと甘く爽やかな香りは、たしかにオレンジの花のものだ。

「……ん……ん…っ……あぁ……」

すぐに、ぱたぱたと雫《しずく》が乳首のうえにも降りそそいで、とろりと流れていく。スウッと冷えたと思ったあと、今度はじんわり火照《ほて》るような感触があった。

「デュランさま……な…んだか……熱……ん、あぁ……っ！」

滴った香油を双乳にヌチュヌチュと塗り広げられ、レティシアは思わずビクッと背をそらしてしまう。これまで感じたことのない淫靡《いんび》な刺激に、腰の奥底がズンッと疼いた。

「…いやっ……だめ……これ……いやぁ……」

「だめなものか。きみも気持ちがいいんだろう？　ほら……嬉しそうに膨らんできた」

ぬめりをおびた乳頭をクリクリと指先で執拗《しつよう》に押しつままれ、ひっと背をそらす。とろ火にじわじわと炙《あぶ》られるようにじれったく、淫らな熱が、ゆっくり肌の奥へとしみこんでいくようだった。

——身体が……おかしいの……ほんとうにただの香油……？

秘密の成分とはまさか媚薬だろうか、と一瞬、レティシアは怖くなる。しかしデュランがそんな怪しい品を使うとはとても思えない。だとすれば、自分の思いすごしだろうか。けれどそんな考えも、やわやわと乳房を揉みしだかれればすぐに霧散《むさん》してしまう。彼の手のひらの下で、色づき膨らんだ乳首が転がされ、ズキズキと痺れる。それがたまらなく気持ちがよくて、また秘裂がじゅんと潤った。

「ああ…ん、…やあ……あ、ぁふ……」

「せつなそうだな。そんなにいいのか」

「ち、ちが……、あなたが、妙な香油なんて…使うからよ……」

じんじんと疼いて蜜を垂らす花唇のことを悟られたくなくて、意地を張ってしまう。

「それは失礼。きみの反応を見ていると、とてもよさそうに見えるので、つい」

するとデュランはわざと慇懃《いんぎん》そうにつぶやき、レティシアの下肢に手を伸ばした。

「ほら、やっぱりこんなにあふれさせて……悪い子には躾《しつけ》をしなければな」

「いやあ、見ないで……あ、ふ……あぁ……！」

濡れそぼったランジェリーを引きおろされ、膝を折った両脚を恥ずかしいほど大きくひらかされる。

蜜にまみれた花唇をぐちゅぐちゅと掻きまわされれば花筒の奥が狂おしくわななき、レティシアは押しよせる快感にしゃくりあげながら、顔をおおう。

けれどデュランはたっぷり香油に濡れた指先を、媚肉の奥へヌルリと沈ませていった。

「んんっ……だめぇ、ゆび……入れちゃ…っ……あ、あぁあ……」

「きみの内壁《なか》が歓んで吸いついてくるんだ、レティシア。わかるだろう、ほら……」

うねるやわ襞に塗りつけるように、じゅぷ、じゅぷっ…と花筒の内側を執拗にまさぐり、ゆっくりと抜き差しをくりかえす。その指をきゅんと肉襞が締めつければ、知らずに腰が浮き、ひくひくとねだるようにふるえてしまう。

「あっ…んん……、んあぁああ！」

さんざん焦らされた身体は愉悦の波に耐えきれず、敏感な肉襞の膨らみをコリコリと突かれた瞬間、レティシアは極みへと昇りつめる。ちゃぷちゃぷと愛蜜がはしたなく吹きだし、けれどもそれをとめられらない。

「……ひどい…わ……人をこんなに…して」

快楽の余韻にまなじりを赤らめながら、恥ずかしさのあまりデュランを睨む。

「そんなに色っぽい目つきをされると、ゾクゾクしてくる」

「もう、私、怒っているのよ」

「拗ねている、だろう？　わかった、機嫌をなおしてくれ。可愛い奥方どの」

愛おしくてたまらないように、デュランはレティシアの顎を持ちあげ、何度も甘いキスをする。濡れた唇どうしが触れあうように囁きかけられれば、魔術をかけられたようになってしまって、もう逆らうことができなくなる。

「さあ、今度はきみが約束を守る番だ」

ちゅっとレティシアの鼻先にくちづけると、デュランは寝台に横たわった。

「うしろを向いて。きみの身体を使って、私にも香油の効果をたしかめさせてくれ」

「うしろ、ですか……？　でも……」

レティシアには、言葉の意味がすぐには呑みこめない。しかし数秒たってから夫の望みを理解したとたん、顔全体がぼっと真っ赤になって、泣きそうな顔になってしまう。

そんな彼女を見たデュランが、ククッと笑いを噛みころしているのが悔しくてたまらない。けれど約束してしまったのは事実だし、拒めばもっと恥ずかしいことを課せられる気がして、どうしようもなかった。

「……あ、あなたがこんなにいやらしい人だったなんて、ほんとうに驚きます」

せめて八つ当たりめいた返答をして、おずおずと身体をうしろ向きにする。

命じられるまま、胸元に香油をふたたび垂らすと、つやつやと濡れ光る乳房のあいだにデュランの肉棒を挟みこむ。

「ん……っ」

両手をつき、谷間を猛った屹立《きつりつ》にぬるぬると擦りつける。

あまりに卑猥な光景に、気を失いそうだった。そのうえレティシア自身、敏感な乳首がすべらかな雄肉に擦りつけられ、たまらなくなってしまう。

――ど…うして……わたし、こんな…恥ずかしいこと……。

そう思いながらも、王冠の先端ににじむ透明な雄蜜を見れば、彼が歓んでいるのがわかって満たされた気持ちになる。不思議なことにどんな恥ずかしい行為でも胸が温かくなって、せいいっぱい奉仕したくなってしまうのだ。

「…はぁ……っ……ん……んぅ…」

教えられてもいないのに、両手で乳房を寄せあげながら唇を近づけ、ぴちゃぴちゃと雄蜜を舐めとる。すると軽く跨ったデュランの腹筋がひくりとこわばり、詰めたような吐息がつづく。

「……まったく、きみときたら……、ほんとうに優秀な生徒だな」

デュランの腕にぐいっと腰を引きよせられて、レティシアは白いお尻を淫らに突きだし、四つ這いの姿勢になってしまう。

「いやぁ……だめ…見ないで……ん、ふぁ、あぁ……っ」

けれどふたたび高ぶりはじめた身体は軽く花唇を撫でられただけで悶えてしまい、レティシアはびくびくっと下肢をはしたなく波うたせてしまう。

「我が貞淑な花嫁は、もっと強い刺激がお望みかな」

意地悪な声音とともに、熱い舌先がネトリと濡れそぼる秘裂を割った。

「んは……、あぁ…ん……っ」

くちゅくちゅっと粘質の水音をたて、唇も舌も指も、すべてが熱い媚肉を捏ねまわしている。もう身体ごとほんとうにとろけてしまいそうで、けれども肉の紅玉をわざと避けるような動きに焦らされ、おかしくなりそうだった。

とめどなくあふれる愉悦にこらえきれず、レティシアはとうとうすすり泣いてしまう。

「……おねが…い、もう……ずるいの……」

白い胸元に、ほんのり赤みをおびたバラ色の傷痕が浮かびあがっていた。そのうえを硬く張りつめた肉茎がぬらぬらと上下するたび、ゾクゾクするような歓びが背筋をはしる。

そしてどうやら、それはデュランもおなじのようだった。

「……く…、これはたまらないな……悦《よ》すぎてどうにかなりそうだ……」

深く息をつき、苦笑しながら上体を起こす。

「もう我慢できそうにない。レティシア」

「んん…っ……わたし…も……」

レティシアはデュランに身を預け、そのまま裸の白いお尻を高々と掲げさせられた。とろんと潤んだ若草色の瞳で夫をせつなげに見つめ、恥ずかしさに頬を染めながらも懇願する。

「私もデュランさまが……ほしいの……いっぱい抱いて、ください」

銀鈴の声を甘くわなかせれば、隷属《れいぞく》の歓びがとろとろと熱い蜜を滴らせ、それだけで達しそうになってしまう。

けれどもちろん、それだけでは足りなくて——。

「ずいぶんと誘い上手になったな。もちろん花嫁が望むなら、一晩中でも抱くつもりだ」

まろやかな双丘に手をかけられ、高ぶりきった太い肉棒が、疼く花筒にミチリと押し入ってくる。

「…ふぁっ……あ、あっ……お、きい……っあぁ……」

恥ずかしい姿態のせいもあってか、待ち望んでいたものに背後からぐぷっと奥深く突き入れられれば、こらえようのない快感が全身を痺れさせる。

充血しきった女襞を擦りぬかれるたびに、新たな蜜があふれてきてとめられない。ひくっ、ひくっと歓びに収斂《しゅうれん》する花筒は、デュランの楔《くさび》をぴったりとつつみこんでいる。

いまはもう、なにも考えられない。ただ愛おしい人と肌をかさねる深い歓びに身をまかせたかった。

「こんなに、きつく締めつけて…、よほど私を…先に果てさせたいのか？」

「あぁん……そんな…こと……もっと、一緒に……ふぁ、ああん……っ」

息を切らすような囁きに、いやいやと首をふる。

サテンの上掛けに、たわわな双乳の先端が揺れて擦れ、それすらもたまらない刺激となっていた。

「花婿《はなむこ》のお味には満足していただけたかな……、いやらしい花嫁さん」

「……ええ……だって、あなたでなきゃ…はぁっ……、だめなの……」

「あたりまえだ。きみは……私だけのものなのだから」

デュランは繋がったままレティシアを抱きおこし、ずんずんと背後からより大きく深く、肉棒を突き入れてくる。さらに乳房をわし掴まれ、敏感になりすぎた乳首をギュウッとしごかれれば、もう頭が真っ白になってなにもわからなくなる。

「あ、あっ……いやぁ……いっちゃ…うの…っ……」

「……っ、ならば一緒にいこう」

とろりと潤みきった瞳のレティシアを、デュランが背後からくちづけてくる。濡れた舌先を激しくからめあい、めくるめく快美な波にふたりで身をまかせる。

「……あ、あぁぁあ……！」

レティシアが大きく背をそらせるのと同時に、デュランが息をつめる――と、熱いものがいきおいよくほとばしり、濡れた花筒の最奥を満たしていく。

「ふあ……あつい…の……っ…あぁ……ん」

なかば恍惚と白濁を受けとめながら、レティシアはうっとりと瞳をとじる。腰の奥底がひく、ひくんと激しく脈うちながら、愛する人の精を受けいれていった。

やがて身体を離したデュランが、レティシアを寝台に横たえてもう一度抱きしめてくる。彼の胸に頬をよせ、レティシアはふと囁いた。

「私たちもいつかは……子供たちが……？」

「きっとすぐにそうなる。男女ふたりずつ……いや、もっといてもいい」

意外な返答にまあ、と微笑みながら、レティシアもそんな近い将来に思いを馳せる。

人生の大半を国の命運に左右され、孤独な日々を送ってきたデュランとともに、これからは暖かい家族のいる生活を作るのだと――そう強く誓った。

「ずいぶん嬉しそうだな。なにを考えてる」

「ふふ、内緒です」

そう言いかけて、レティシアはひとことだけつけくわえる。

「私たち、家族……になったのね」

するとデュランは思いがけない表情になり、それから小さくうなずいた。

「そうだな。家族であり夫婦であり、そして永遠に恋人同士だ。レティシア……ほんとう

はきみこそが、私にとっての守護天使だったのだな。愛している」

「私もよ…愛しいあなた……私だけのデュランさま……」

深く唇をかさねあい、ふたたびたがいの肌の熱さに溺れ、溶けあっていく。

狂おしいほど淫らに、そしてとろけるほど情熱的に求めあう、たがいの心。

恋人たちは、初恋が成就《じょうじゅ》した甘い幸福感にたっぷりとその身をひたしていた――。

終章　◇ショコラの秘密

まるで夢のように美しい新郎新婦の姿が、クラヴィス王国、どころか諸国の人々の心までもすっかり魅了してしまった結婚式――それからしばらく経ったある日のこと。

「……おや、あんたかい。元気そうだね」

〝ブーケ・ルージュ〟のオーナー、マダム・ジェシカは、長煙管《ながぎせる》から白い煙をふうっと吐くと、淡い水色の瞳を懐かしげに細めた。

「お久しぶりです、マダム。そのせつは、いろいろとお世話になりました」

「よしとくれよ。まえにも言ったろ。一晩で大金を儲けさせてくれたのは、むしろ、あんたのおかげだ。しかし、驚いたねえ。ほんとうに王弟殿下妃になっちまうとは」

その言葉ほどには驚いておらず、むしろ淡々としているマダムに、レティシアはふふっと微笑んだ。

「でもマダムはごぞんじだったのでしょう？　デュランさまのほんとうのご身分を……そして私をあのかたに引きあわせるよう、手配してくださった。いくらお礼を言っても足りないくらいです」

かつてマダムが若いころ、前国王エルネスト四世の義兄にあたる人物と激しい恋に落ちたという逸話を、レティシアはすでに聞きおよんでいた。

けれどマダムは高級娼婦で、結ばれることはかなわなかった。そしてその恋人も、病に倒れはやくに亡くなってしまったのだった。

そうした過去があったからこそ、マダムはデュランの頼みを聞き入れ、自分を保護してくれていたのではないか、きっとそうにちがいない……、とレティシアは思っている。

「ふん、あたしゃ金を貰ったぶんだけ働いただけさ。それより、あんたの知り合いのあの貴族、いい迷惑だよ。店いちばんの売れっ子のミレーナを身請《みう》けするだなんて、まったくこっちは商売上がったりだ」

きっとそう言われるだろうと予想していただけに、レティシアは苦笑する。

シモンはあれから山のような量の手紙を出しつづけ、とうとう根負けしたミレーナは食事に応じたのだった。

『ほら、あたしもいいかげんひとりでずっと生きてきたから……まあ、恋人のひとりくらいいてもいいかなって……あ。思っただけよ、思っただけ。べつにあいつを恋人にするとまだきめたわけじゃないから！』

　そう言いながらも、レティシアは彼女が必死に教養を積み、いまでは美しい手紙を書けるようになっていることも、またシモンからの手紙をすべて大事に保管してあることも知っている。

　なんだかんだで仲が良さそうなふたりのあいだには、まだまだ越えるべき事柄がたくさん残っているのは事実だ。だがデュランも協力すると言っているし、形式がどうであれ、ふたりが気持ちをつうじあわせ、一緒にいることがいちばん大事なのはわかっていた。

　きっとマダムも、心の底ではそう思っているのだろう。でなければ、身請けを許すわけがなかった。

「また遊びにきます、週末の仮面舞踏会の日に、今度はデュランさまとお忍びで」

　そう挨拶して、レティシアは、さまざまな思い出の詰まった〝ブーケ・ルージュ〟をあとにした――。


　王宮敷地内の王弟宮に戻ると、母のエレンが明日の宮廷晩餐会に出席するという手紙を、女官のひとりが届けてくれた。

「ほんとうにエレンさまのレースや刺繍《ししゅう》は宮廷でも評判でございますわ。連日、お館にも多くのご令嬢が教えを乞《こ》うて押しかけているとか……」

「ええ、わかるわ。母が作ってくれた品はすべて、私の大事な宝物なの」

レティシアと再会したあと、エレンの体調はみるみるよくなっていた。現在、レリス郊外にある瀟洒《しょうしゃ》な館に住んでいる。

実は結婚式でレティシアのつけたドレスの引き裾《トレーン》とヴェールは、彼女の手によるものだった。そしてこの目をみはるばかりの細やかで流麗な技術は、たちまち噂となり、やがてそれが王妃殿下の耳にも入ることになったのである。

それがきっかけで誠実な人柄は王妃の気に入りとなり、王宮の出入りももちろん自由となっている。

またレース編みや刺繍は王族をはじめ上流子女の嗜《たしな》みとして縁談にも効果があったから、宮廷に出入りする夫人たちは、こぞって娘を彼女のもとに走らせるのだった。

ルイーズの地に残されたリーシェ家の館は信頼のおける管理人が留守を預かり、いつでも母娘たちが訪れられるようになっている。

マイヤーは新大陸に強制送還され、これまでの罪状が母国で裁かれることになる。男爵ロベールの行方は杳《よう》として掴めないが、姿を消したころ、似たような年恰好の男が南方行きの小さな船に乗ったという、不確かな情報があるのみだった。

「……明日の晩餐会が楽しみだわ。なにを着ていったらいいか、あとでデュランさまと相談しなくてはね」

そう独り言をつぶやいたそのとき、背後から「なにを相談するって?」と聞きなれた声がする。

今日はめずらしく、デュランが執務からはやめに戻ってきていたのだった。

「おかえりなさいませ。今日は、なんだか肌寒いですわね」

軽く抱きあい、キスを交わしたあとで、ふっとあることを思いついたレティシアは、遠慮がちな願いをそっと口にする。

「あの……こんな日は、温かいショコラが飲みたくなったり…しません?」

「なんだ、作ってほしいのなら、はっきり言えばいいものを」

ドミユール家の別荘に滞在しているとき、デュランがいつでも作ってやる、と言っていたのを思いだしたのだ。季節のせいもあったが、この宮殿にきてから飲むのは、もちろんはじめてになる。

つい好奇心がはたらいて、一緒に厨房に下りていくと、デュランは胡散臭《うさんくさ》そうにレティシアを見たが、なにも言わなかった。驚く使用人たちに休憩をとらせると、ショコラを鍋で温めるあいだに、手際よくオレンジの果汁を搾り、皮をすりおろす。

「まあ……ほんとうに、ご自分で作られていたのね」

「それをたしかめに、わざわざついてきたのか。案外、疑い深いのだな」

いささか憮然《ぶぜん》とした夫に、レティシアはごめんなさい、と口元を押さえた。

——あの味の秘密、わかるかしら。私がいくら真似して作っても、どうしてもおなじ味にならなかった理由……。

するとデュランは、ショコラを鍋から上げるとき、さっと戸棚からなにかを取りだして数滴、振りいれた。

「あ、それ……それだわ！」

思わずレティシアが覗きこむと、それはオレンジを原料としたキュラソーと呼ばれるリキュールだった。

できたてのショコラを飲むレティシアに、デュランがその来歴を説明する。

「これは母上の家系にだけ、代々独自に伝わるものだ。別荘のあの果樹園をおぼえているか？　あのオレンジから作られた、市販では手に入らない品なんだ」

「ああ、それでどこにもない味だったのね……」

いい香り、と心地よさそうに瞳をとじるレティシアに、デュランは肩をすくめる。

「秘密を知られてしまったからには、これからはきみに作ってもらったほうがよさそうだ」

「え……そんなのもったいないです。せっかくデュランさまのお手製がいただけると楽しみにしていたのに」

レティシアが子供のようにぷっとむくれると、デュランはやれやれと苦笑する。

「それより、私もいいことを思いついたぞ」

「なんですの？」

きょとん、と若草色の瞳を見ひらく新妻に、デュランはそっと耳打ちする。

すると彼女の頬がかあっと薄紅に染まっていく。

「そ、そんな……だめです。ぜったい、やめてください」

「つれないことを言うな。きっときみも気に入ると思うのだが……」

「だ、だめだったら、だめです。そんなこと……大事なリキュールも、もったいないし、酔っぱらってしまうもの」

デュランが提案したのは、このオレンジキュラソーを、レティシアの身体に塗って味わってみたいという、とんでもないものだったのだ。

しかしあわてて拒否するレティシアに向かって、デュランは平然と答えた。

「ああ、それならだいじょうぶだ。婚礼の夜、すでにあの香油にすこしだけ混ぜてみたんだ。効果は……わかるだろう？」

「じゃあ秘密の成分って、これの……こと……!?」

呆れるやら、恥ずかしいやら。混乱しきったレティシアには返す言葉もない。

「まあ、ものは試しというからな。とりあえす——ほら、味見してごらん」

自分の指先をリキュールで濡らし、デュランはレティシアの目のまえに差し出した。

オレンジの甘く爽やかな香りと濡れた指が、レティシアを誘惑する。

気がつけば、恥ずかしい気持ちに揺れ動きながらも、彼の指を含み、ちゅく、と吸ってしまっていた。

「味はどうだ?」

「ん……お、おいしい……です。けど……」

何度かくりかえされるうちに、アルコールのせいで身体が火照《ほて》ってくる。デュランの指をぴちゃぴちゃと舐めたりしゃぶったりするうちに、妙に気分が高ぶってしまう。

「どうやらすっかりその気になっているようだな。では、つづきは寝室で愉しむとしよう」

「え、ち、ちがいます、私……きゃっ」

横抱きにされ、レティシアはそのままデュランにキスされてしまう。

今夜はどんなふうに愛してくれるのか——そう考えれば、身も心も熱くとろけて。

甘い甘いショコラの香りが、ふたりの身体をつつみこんでいた。

あとがき

こんにちは、真山《まやま》きよはです。

このたびは拙著《せっちょ》をお手にとっていただいて、ありがとうございます。ティアラ文庫さまで二冊目の刊行となりました。


前回は辺境の城を舞台に、しっかり者の伯爵令嬢×おっさん侯爵を書かせていただきましたので、今回はまたちがったタイプの趣向を、と決めていました。

宮廷、舞踏会といった要素をてんこ盛り、健気な没落令嬢×ちょっと翳《かげ》りのある美貌の王子さまというカップルです。キラキラした華やかな舞台のハッピーエンド・ストーリーを、楽しく書かせていただきました♪

序盤はつらい別離の時期を過ごしてしまうふたりなのですが、やがて運命の再会を果たします。今後は思いきりいちゃついて、ショコラよりも甘～～～いラブラブ生活をしてくれるはず（もう作中でも、ずいぶんいちゃつきまくってますが……）。

この作品は、十九世紀のフランスをイメージにしたパラレル・ファンタジーです。

実際の歴史は王政・帝政・共和制などなど施政の入れ替わりが激しいので、できるだけシンプルな王子さま設定を活かすには…とあれこれ考えた結果、こうなりました。

やや二十世紀寄りの文化なども一部に混ぜ込んでいますが、あまり現代に近すぎてクラシックな雰囲気が薄れてしまうのも寂しいので、ファッションなどは王政復古《おうせいふっこ》時代のロマンティックさを意識しています。

とはいえ、これはあくまで裏話なので、あまり細かいことは気にせず架空世界のお話としてお楽しみくだされればと思います。

ちなみに作中舞台となる社交場〝ブーケ・ルージュ〟。こちらも実在の〝ムーラン・ルージュ〟という有名店をイメージモデルにしています。ご存知のかたも多いかと思いますが、同名の恋愛ミュージカル映画もありまして、個人的に大好きな映画です。

また作中でドレス描写のある場面は、いつもワクワクしながら書いています。コスチューム映画の他にもバレエや、ヴィクトリアズ・シークレットのショーなども大好物なので、そういった要素を頭のなかでいろいろ組みあわせ、デザインしては楽しんでいます♪（ときどき暴走して細かく書きすぎてしまい、自主規制していたり……）。

そしてドレスといえばもちろん……華麗なイラストを描いてくださいましたアオイ冬子《ふゆこ》先生、ほんとうにありがとうございました！

レティシアのラフ画を拝見した瞬間、思わず「こんな可愛い子をつらい目に遭わせるなんて、けしからんっ！」と自分に憤りそうになりました。デュランの色気あふれる麗しさもまた眼福《がんぷく》で、筆の進みも倍速の勢いに。ひたすら幸せを噛みしめております。

最後になりましたが、いつも頼もしいご指導・ご助言をいただいております編集さまをはじめ、本書を刊行するにあたり、お力添えをいただきましたすべての皆さまにお礼申し上げます。

そして、本書を手にとってくださった読者さまに、今回も最大級の感謝をささげます！

今後も楽しく、ドキドキするようなお話を書いていけたらと思っています。

すこしでも楽しいひとときをお過ごしいただければさいわいです。

☆公式ブログ　r・i・v・a・g・e
http://rivage2012.blog.fc2.com/

ブーケ・ルージュ愛寵物語《あいちょうものがたり》

ティアラ文庫をお買いあげいただき、ありがとうございます。
この作品を読んでのご意見・ご感想をお待ちしております。

✦ ファンレターの宛先 ✦
〒102-0072　東京都千代田区飯田橋3-3-1
プランタン出版　ティアラ文庫編集部気付
真山きよは先生係／アオイ冬子先生係

ティアラ文庫WEBサイト
http://www.tiarabunko.jp/

著者——真山きよは（まやま　きよは）
挿絵——アオイ冬子（あおい　ふゆこ）
発行——プランタン出版
発売——フランス書院
〒102-0072　東京都千代田区飯田橋3-3-1
電話（営業）03-5226-5744
（編集）03-5226-5742
印刷——誠宏印刷
製本——若林製本工場

ISBN978-4-8296-6639-5 C0193